AF186382

Tucholsky Wagner Zola Scott Sydow Freud Schlegel
Turgenev Fonatne
Wallace Twain Walther von der Vogelweide Fouqué Friedrich II. von Preußen
Weber Freiligrath
Fechner Fichte Weiße Rose von Fallersleben Kant Ernst Frey
Richthofen Frommel
Engels Fielding Hölderlin
Fehrs Eichendorff Tacitus Dumas
Faber Flaubert
Eliasberg Ebner Eschenbach
Feuerbach Maximilian I. von Habsburg Fock Eliot Zweig Vergil
Ewald
Goethe Elisabeth von Österreich London
Mendelssohn Balzac Shakespeare Dostojewski Ganghofer
Trackl Lichtenberg Rathenau Doyle Gjellerup
Stevenson Tolstoi Hambruch
Mommsen Lenz
Thoma Hanrieder Droste-Hülshoff
Dach Verne von Arnim Hägele Hauff Humboldt
Reuter Rousseau Hagen
Karrillon Garschin Hauptmann Gautier
Damaschke Defoe Hebbel Baudelaire
Descartes
Hegel Kussmaul Herder
Wolfram von Eschenbach Dickens Schopenhauer
Darwin Melville Rilke George
Bronner Grimm Jerome
Campe Horváth Aristoteles Bebel Proust
Bismarck Vigny Barlach Voltaire Federer Herodot
Gengenbach Heine
Storm Casanova Tersteegen Grillparzer Georgy
Chamberlain Lessing Langbein Gilm
Brentano Gryphius
Strachwitz Claudius Schiller Lafontaine
Bellamy Schilling Kralik Iffland Sokrates
Katharina II. von Rußland Gerstäcker Raabe Gibbon Tschechow
Löns Hesse Hoffmann Gogol Wilde Vulpius
Luther Heym Hofmannsthal Klee Hölty Morgenstern Gleim
Roth Heyse Klopstock Kleist Goedicke
Luxemburg Puschkin Homer Mörike
La Roche Horaz Musil
Machiavelli Kierkegaard Kraft Kraus
Navarra Aurel Musset Lamprecht Kind Hugo Moltke
Nestroy Marie de France Kirchhoff
Laotse Ipsen Liebknecht
Nietzsche Nansen Marx Ringelnatz
von Ossietzky Lassalle Gorki Klett Leibniz
May vom Stein Lawrence Irving
Petalozzi Platon Knigge
Sachs Poe Pückler Michelangelo Kock Kafka
Liebermann
de Sade Praetorius Mistral Zetkin Korolenko

Die schoene Magelone

Ludwig Tieck

Impressum

Autor: Ludwig Tieck
Umschlagkonzept: toepferschumann, Berlin

Verlag: tradition GmbH, Hamburg
ISBN: 978-3-8424-1224-8
Printed in Germany

1
Vorbericht

Ist es dir wohl schon je, vielgeliebter Leser, so recht traurig in die Seele gefallen, wie betrübt es sei, daß das rauschende Rad der Zeit sich immer weiter dreht, und daß bald das zuunterst gekehrt wird, was ehemals hoch oben war? So fährt Ruhm, Glanz, Pracht und weltberühmte Schönheit hin, wie goldene Abendwolken, die hinter fernen Bergen niedersinken, und nur auf kurze Zeit noch schwachen gelblichen Schimmer hinter sich lassen: die Nacht tritt ernst und feierlich herauf, die schwarzen Heere von Wolken ziehn unter Sternenglanz auf und ab, und der letzte Schein erlöscht furchtsam; Wind fährt durch den Eichenforst und kein Hüttenbewohner denkt an die Röte des Abends zurück. Im Winkel sitzt wohl ein Knabe in sich versunken und sieht im dämmernden Widerschein der Lampe ein Bild der fröhlichen Morgenröte; ihm dünkt, er höre schon die muntern Hähne krähen, und wie ein kühler Wind durch die Blätter rauscht und alle Blumen der Wiese aus ihrem stillen Schlafe weckt; er vergißt sich selbst und nickt nach und nach ein, indem das Feuer ausbrennt. Dann kommen Träume über ihn, dann sieht er alles im Glanze der Sonne vor sich: die wohlbekannte Heimat, über die wunderbare fremde Gestalten schreiten, Bäume wachsen hervor, die er nie gesehn, sie scheinen zu reden und menschlichen Sinn, Liebe und Vertrauen zu ihm ausdrücken zu wollen. Wie fühlt er sich der Welt befreundet, wie schaut ihn alles mit zärtlichem Wohlgefallen an! die Büsche flüstern ihm liebe Worte ins Ohr, indem er vorübergeht, fromme Lämmer drängen sich um ihn, die Quelle scheint mit lockendem Murmeln ihn mit sich nehmen zu wollen, das Gras unter seinen Füßen quillt frischer und grüner hervor.

Unter diesem Bilde mag dir, geliebter Leser, der Dichter erscheinen, und er bittet, daß du ihm vergönnen mögest, dir seinen Traum vorzuführen. Jene alte Geschichte, die manchen sonst ergötzte, die vergessen ward, und die er gern mit neuem Lichte bekleiden möchte.

> Der Dichter sieht bemooste Leichensteine,
> Die keiner seiner Freunde kennt,

Dann fühlt er, daß beim Mondenscheine
Im Busen fromme Ahndung brennt.
Er steht und sinnt, es rauschen alle Haine,
Es flieht, was ihn von den Gestorbnen trennt,
Freudigen Schrecks er sie als alte Freunde nennt.

Gern wandl' ich in der stillen Ferne,
In unsrer Väter frommen Zeit,
Ich seh, wie jeder sich so gerne
Der alten guten Märchen freut,
Oft wiederholt ergötzen sie noch immer,
Sie kehren wieder wie dasselbe Mal,
Der Hörer fühlt des Lebens Lust und Qual,
Der Liebe holden Frühlingsschimmer.

Ob ihr die alten Töne gerne hört?
Das Lied aus längst verfloßnen Tagen?
Verzeiht dem Sänger, den es so betört,
Daß er beginnt das Märchen anzusagen.

2
Wie ein fremder Sänger an den Hof des Grafen von Provence kam

In der Provence herrschte vor langer Zeit ein Graf, der einen überaus schönen und herrlichen Sohn hatte, welcher als die Freude des Vaters und der Mutter erwuchs. Er war groß und stark, und glänzende blonde Haare flossen um seinen Nacken und beschatteten sein zartes jugendliches Gesicht; dabei war er in aller Waffenübung wohlerfahren, keiner führte im Lande und auch außerhalb die Lanze und das Schwert so wie er, so daß ihn Jung und Alt, Groß und Klein, Adel und Unadel bewunderte.

Er war oft gern in sich gekehrt, als wenn er irgendeinem geheimen Wunsche nachginge, und viele erfahrene Leute glaubten und schlossen daher, er sei in Liebe; es wollte ihn darum keiner aus seinen Träumen aufwecken, weil sie wohl wußten, daß die Liebe ein süßer Ton ist, der im Ohre schläft und wie aus einem Traume seine phantasiereiche Melodie fortredet, so daß ihn der Beherberger selbst nur wie ein dunkles Rätsel versteht, geschweige denn ein Fremder, und daß er oft nur allzuschnell entflieht, und seine Wohnung in dem Äther und goldenen Morgenwolken wieder sucht.

Aber der junge Graf Peter kannte seine eigenen Wünsche nicht; es war ihm, als wenn ferne Stimmen unvernehmlich durch einen Wald riefen, er wollte folgen, und Furcht hielt ihn zurück, doch Ahndung drängte ihn vor.

Sein Vater gab ein großes Turnier, zu welchem viele Ritter geladen wurden. Es war ein Wunder anzusehn, wie der zarte Jüngling die Erfahrensten aus dem Sattel hob, so daß es auch allen Zuschauern unbegreiflich schien. Er ward von allen gerühmt und für den Besten und Stärksten geachtet; aber kein Lob machte ihn stolz, sondern er schämte sich manchmal selber, daß er so alte und würdige Rittersmänner sollte überwunden haben.

Unter andern war auch ein Sänger mit herbeigekommen, der viele fremde Länder gesehen hatte; er war kein Ritter, aber an Einsicht und Erfahrung übertraf er manchen Edlen. Dieser gesellte sich zu Graf Peter und lobte ihn ungemein, schloß aber seine Rede mit diesen Worten: »Ritter, wenn ich Euch raten sollte, so müßt Ihr nicht hier bleiben, sondern fremde Gegenden und Menschen sehn und wohl betrachten, auf daß sich Eure Einsichten, die in der Heimat nur immer einheimisch bleiben, verbessern, und Ihr am Ende das Fremde mit dem Bekannten verbinden könnt.«

Er nahm seine Laute und sang:

> »Keinen hat es noch gereut,
> Der das Roß bestiegen,
> Um in frischer Jugendzeit
> Durch die Welt zu fliegen.

> Berge und Auen,
> Einsamer Wald,
> Mädchen und Frauen
> Prächtig im Kleide,
> Golden Geschmeide,
> Alles erfreut ihn mit schöner Gestalt.

> Wunderlich fliehen
> Gestalten dahin,
> Schwärmerisch glühen
> Wünsche in jugendlich trunkenem Sinn.

> Ruhm streut ihm Rosen,
> Schnell in die Bahn,
> Lieben und Kosen,
> Lorbeer und Rosen
> Führen ihn höher und höher hinan.

> Rund um ihn Freuden,
> Feinde beneiden,
> Erliegend, den Held –
> Dann wählt er bescheiden
> Das Fräulein, das ihm nur vor allen gefällt.

> Und Berge und Felder
> Und einsame Wälder
> Mißt er zurück.
> Die Eltern in Tränen,
> Ach alle ihr Sehnen –

Sie alle vereinigt das lieblichste Glück.

Sind Jahre verschwunden,
Erzählt er dem Sohn
In traulichen Stunden,
Und zeigt seine Wunden,
Der Tapferkeit Lohn.
So bleibt das Alter selbst noch jung,
Ein Lichtstrahl in der Dämmerung.«

Der Jüngling hörte still dem Gesange zu; als er geendigt war, blieb er eine Weile in sich gekehrt, dann sagte er. »Ja, nunmehr weiß ich, was mir fehlt, ich kenne nun alle meine Wünsche, in der Ferne wohnt mein Sinn, und mancherlei wechselnde buntfarbige Bilder ziehn durch mein Gemüt. Keine größere Wollust für den jungen Rittersmann, als durch Tal und über Feld dahinziehn: hier liegt eine hoch erhabene Burg im Glanz der Morgensonne, dort tönt über die Wiese durch den dichten Wald des Schäfers Schalmei, ein edles Fräulein fliegt auf einem weißen Zelter vorüber, Ritter und Knappen begegnen mir in blanker Rüstung und Abenteuer drängen sich; ungekannt zieh ich durch die berühmten Städte, der wunderbarste Wechsel, ein ewig neues Leben umgibt mich, und ich begreife mich selber kaum, wenn ich an die Heimat und den stets wiederkehrenden Kreis der hiesigen Begebenheiten zurückdenke. O ich möchte schon auf meinem guten Rosse sitzen, ich möchte sogleich dem väterlichen Hause Lebewohl sagen.«

Er war von diesen neuen Vorstellungen erhitzt, und ging sogleich in das Gemach seiner Mutter, wo er auch den Grafen, seinen Vater, traf. Peter ließ sich alsbald demütig auf ein Knie nieder und trug seine Bitte vor, daß seine Eltern ihm erlauben möchten zu reisen und Abenteuer aufzusuchen; »denn«, so schloß er seine Rede: »wer immer nur in der Heimat bleibt, behält auch für seine Lebenszeit nur einen einheimischen Sinn, aber in der Fremde lernt man das Niegesehene mit dem Wohlbekannten verbinden, darum versagt mir eure Erlaubnis nicht.«

Der alte Graf erschrak über den Antrag seines Sohnes, noch mehr aber die Mutter, denn sie hatten sich dessen am wenigsten versehn. Der Graf sagte: »Mein Sohn, deine Bitte kömmt mir ungelegen, denn du bist mein einziger Erbe; wenn ich nun während deiner Abwesenheit mit Tode abginge, was sollte da aus meinem Lande werden?« Aber Peter blieb bei seinem Gesuch, worüber die Mutter anfing zu weinen und zu ihm sagte: »Lieber, einziger Sohn, du hast noch kein Ungemach des Lebens gekostet und siehst nur deine schönen Hoffnungen vor dir; allein bedenke, daß es gar wohl sein kann, daß, wenn du abreisest, tausend Mühseligkeiten schon bereit stehn, um dir in den Weg zu treten; du hast dann vielleicht mit Elend zu kämpfen, und wünschest dich zu uns zurück.«

Peter lag noch immer demütig auf den Knien und antwortete: »Vielgeliebte Eltern, ich kann nicht dafür, aber es ist jetzt mein einziger Wunsch, in die weite fremde Welt zu reisen, um Freud und Mühseligkeit zu erleben, und dann als ein bekannter und geehrter Mann in die Heimat zurückzukehren. Dazu seid Ihr ja auch, mein Vater, in Eurer Jugend in der Fremde gewesen, und habt Euch weit und breit einen Namen gemacht; aus einem fremden Lande habt Ihr Euch meine Mutter zum Gemahl geholt, die damals für die größte Schönheit geachtet wurde; laßt mich ein gleiches Glück versuchen, seht, mit Tränen bitte ich Euch darum.«

Er nahm eine Laute, die er sehr schön zu spielen verstand, und sang das Lied, das er vom Harfenspieler gelernt hatte, und am Schlusse weinte er heftig. Die Eltern waren auch gerührt, besonders aber die Mutter; sie sagte: »Nun, so will ich dir meinerseits meinen Segen geben, geliebter Sohn, denn es ist freilich alles wahr, was du da gesagt hast.« Der Vater stand gleichfalls auf und segnete ihn, und Peter war im Herzen vergnügt, daß er so die Einwilligung seiner Eltern erhalten hatte.

Es ward nun Befehl gegeben, alles zu seinem Zuge zu rüsten, und die Mutter ließ Petern heimlich zu sich kommen. Sie gab ihm drei kostbare Ringe und sagte: »Siehe, mein Sohn, diese drei kostbaren Ringe habe ich von meiner Jugend an sorgfältig bewahrt; nimm sie mit dir und halte sie in Ehren, und so du ein Fräulein findest, das du liebst und das dir wieder gewogen ist, so darfst du sie ihr schenken.« Er küßte dankbar ihre Hand, und es kam der Morgen, an welchem er von dannen schied.

3
Wie der Ritter Peter von seinen Eltern zog

Als Peter sein Pferd besteigen wollte, segnete ihn sein Vater noch einmal, und sagte zu ihm: »Mein Sohn, immer möge dich das Glück begleiten, so daß wir dich gesund und wohlbehalten wiedersehn; denke stets meiner Lehren, die ich deiner zarten Jugend einprägte: suche die gute und meide die böse Gesellschaft; halte immer die Gesetze des Ritterstandes in Ehren, und vergiß sie in keinem Augenblicke, denn sie sind das Edelste, was die edelsten Männer in ihren besten Stunden erdacht haben; sei immer redlich, wenn du auch betrogen wirst, denn das ist der Probierstein des Wackern, daß er selten auf rechtliche Menschen trifft, und doch sich selber gleichbleibt. – Lebe wohl!« –

Peter ritt fort, allein und ohne Knappen, denn er wollte allenthalben, wie es oft die jungen Ritter zu tun pflegten, unbekannt bleiben. Die Sonne war herrlich aufgegangen, und der frische Tau glänzte auf den Wiesen. Peter war frohen Mutes und spornte sein gutes Roß, daß es oft mutig aufsprang. Es lag ihm ein altes Lied im Sinne und er sang es laut:

>»Traun! Bogen und Pfeil
>Sind gut für den Feind,
>Hülflos alleweil
>Der Elende weint;
>Dem Edlen blüht Heil
>Wo Sonne nur scheint,
>Die Felsen sind steil,
>Doch Glück ist sein Freund.«

Er kam nach vielen Tagereisen in die edle und vornehme Stadt Neapolis. Schon unterwegs hatte er viel vom Könige und seiner überaus schönen Tochter Magelone reden hören, so daß er sehr begierig war, sie von Angesicht zu Angesicht zu sehen. Er stieg in einer Herberge ab, und erkundigte sich nach Neuigkeiten; da hörte er vom Wirte, daß ein vornehmer Ritter, Herr Heinrich von Carpone, angekommen sei, und daß ihm zu Ehren ein schönes Turnier gehalten werden solle. Er erfuhr zugleich, daß auch den Fremden der Zutritt erlaubt sei, wenn sie nach den Turniergesetzen geharnischt erschienen. Da nahm sich Peter sogleich vor, auch dabeizusein, und seine Geschicklichkeit und Stärke zu versuchen.

4
Peter sieht die schöne Magelone

Als der Tag des Turniers erschienen war, legte Peter seine Waffenrüstung an, und begab sich in die Schranken. Er hatte sich auf seinen Helm zwei schöne silberne Schlüssel setzen lassen, von ungemein feiner Arbeit, so war auch sein Schild mit Schlüsseln geziert, auch die Decke seines Pferdes. Dies hatte er seinem Namen zu Gefallen getan und zu Ehren des Apostels Petrus, den er sehr liebte. Von Jugend auf hatte er sich ihm zum Schirm und Schutz empfohlen, und deswegen wählte er sich auch jetzt dieses Wahrzeichen, da er unbekannt bleiben wollte.

Unter Trompetenschall trat ein Herold auf, der das Turnier ausrief, das zu Ehren der schönen Magelone eröffnet wurde. Sie selbst saß auf einem erhabenen Söller und sah auf die Versammlung der Ritter hinab. Peter schaute hinauf, er konnte sie aber nicht genau betrachten, weil sie zu entfernt war.

Herr Heinrich von Carpone trat zuerst in die Schranken und gegen ihn stellte sich ein Ritter des Königes. Sie trafen aufeinander und der Königsche wurde bügellos, aber er traf zufälligerweise mit seiner Lanze das Pferd des Herrn Heinrich vorn an den Schienbeinen, so daß das Roß mit seinem Reiter zu Boden stürzte. Darüber wurde dem Diener des Königes der Sieg zugesprochen, als einem, der den Herrn Heinrich umgerennt hätte. Das verdroß Petern gar sehr, denn Herr Heinrich war ein namhafter Renner; dazu so berühmte sich der Diener laut und öffentlich seines Sieges, den er doch nur dem Zufall zu danken hatte. Peter stellte sich also gegen ihn in die Schranken und rannte ihn vom Pferde hinunter, daß sich alle über seine Kraft verwundern mußten; er tat aber zu aller Erstaunen noch mehr, denn er machte auch bald die übrigen Sättel ledig, so daß sich in kurzer Zeit kein Gegner vor ihm mehr finden ließ. Darüber waren alle begierig, den Namen des fremden Ritters zu wissen, und der König von Neapel schickte selbst seinen Herold an ihn ab, um ihn zu erfahren; aber Peter bat in Demut um die Erlaubnis, daß man ihm noch ferner erlauben möchte, unbekannt zu bleiben, denn sein Name sei dunkel und von keinen Taten verherrlicht; dazu so sei er ein armer geringer Edelmann aus Frankreich, er wolle seinen Namen daher so lange verschweigen, bis er es durch

Taten wert geworden sei, sich nennen zu dürfen. Den König freute diese Antwort, weil sie ein Beweis von der Bescheidenheit des Ritters war.

Es währte nicht lange, so wurde ein zweites Turnier gehalten, und die schöne Magelone wünschte heimlich im Herzen, daß sie des Ritters mit den silbernen Schlüsseln wieder ansichtig werden möchte; denn sie war ihm zugetan, hatte es aber noch niemand anvertraut, ja sich selber kaum, denn die erste Liebe ist zaghaft, und hält sich selbst für einen Verräter. Sie ward rot, als Peter wieder mit seiner kenntlichen Waffenrüstung in die Schranken trat, und nun die Trommeten schmetterten, und bald darauf die Spieße an den Schilden krachten. Unverwandt blickte sie auf Peter, und er blieb in jedem Kampfe Sieger; sie verwunderte sich endlich darüber nicht mehr, weil ihr war, als könne es nicht anders sein. Die Feierlichkeit war geendigt, und Peter hatte von neuem großes Lob und große Ehre eingesammelt.

Der König ließ ihn an seine Tafel laden, wo Peter der Prinzessin gegenübersaß und über ihre Schönheit erstaunte, denn er sah sie jetzt zum erstenmal in der Nähe. Sie blickte immer freundlich auf ihn hin, und dadurch kam er in große Verwirrung; sein Sprechen belustigte den König, und sein edler und kräftiger Anstand setzte das Hofgesinde in Erstaunen. Im Saale kam er nachher mit der Prinzessin allein zu sprechen, und sie lud ihn ein, öfter wiederzukommen, worauf er Abschied nahm, und sie ihn noch zuletzt mit einem sehr freundlichen Blicke entließ.

Peter ging wie berauscht durch die Straßen; er eilte in einen schönen Garten, und wandelte mit verschränkten Armen auf und nieder, bald langsam, bald schnell, und die Zeit verfloß, ohne daß er begreifen konnte, wie die Stunden vorüber waren. Er hörte nichts um sich her, denn eine innerliche Musik übertönte das Flüstern der Bäume und das rieselnde Plätschern der Wasserkünste. Tausendmal sagte er sich in Gedanken den Namen Magelone vor, und erschrak dann plötzlich, weil er glaubte, er habe ihn laut durch den Garten ausgerufen. Gegen Abend erscholl in der Gegend eine süße Musik, und nun setzte er sich in das frische Gras hinter einem Busche und weinte und schluchzte; es war ihm, als wenn sich der Himmel umgewendet und nun seine Schönheit und paradiesische Seite zum erstenmal herausgekehrt hätte; und doch machte ihn diese Empfindung so unglücklich, unter allen Freuden fühlte er sich so gänzlich verlassen. Die Musik floß wie ein murmelnder Bach durch den stillen Garten, und er sah die Anmut der Fürstin auf den silbernen Wellen hoch einherschwimmen, wie die Wogen der Musik den Saum ihres Gewandes küßten, und wetteiferten, ihr nachzufolgen; gleich einer Morgenröte schien sie in die dämmernde Nacht hinein, und die Sterne standen in ihrem Laufe still, die Bäume hielten sich ruhig und die Winde schwiegen; die Musik war jetzt die einzige Bewegung, das einzige Leben in der Natur, und alle Töne schlüpften so süß über die Grasspitzen und durch die Baumwipfel hin, als wenn sie die schlafende Liebe suchten und sie nicht wecken wollten, als wenn sie, so wie der weinende Jüngling, zitterten, bemerkt zu werden.

Jetzt erklangen die letzten Akzente, und wie ein blauer Lichtstrom versank der Ton, und die Bäume rauschten wieder, und Peter erwachte aus sich selber und fühlte, daß seine Wange von Tränen naß sei. Die Springbrunnen plätscherten stärker und führten von den entferntesten Gegenden des Gartens her laute Gespräche. Peter sang leise folgendes Lied:

»Sind es Schmerzen, sind es Freuden,
Die durch meinen Busen ziehn?
Alle alten Wünsche scheiden,
Tausend neue Blumen blühn.

Durch die Dämmerung der Tränen
Seh ich ferne Sonnen stehn –
Welches Schmachten! welches Sehnen!
Wag ich's? soll ich näher gehn?

Ach, und fällt die Träne nieder,
Ist es dunkel um mich her;
Dennoch kömmt kein Wunsch mir wieder,
Zukunft ist von Hoffnung leer.

So schlage denn, strebendes Herz,
So fließet denn, Tränen, herab,
Ach Lust ist nur tieferer Schmerz,
Leben ist dunkeles Grab. –

Ohne Verschulden
Soll ich erdulden?
Wie ist's, daß mir im Traum
Alle Gedanken
Auf und nieder schwanken!
Ich kenne mich noch kaum.

O hört mich, ihr gütigen Sterne,
O höre mich, grünende Flur,
Du, Liebe, den heiligen Schwur:
Bleib ich ihr ferne,
Sterb ich gerne.
Ach! nur im Licht von ihrem Blick
Wohnt Leben und Hoffnung und Glück!«

Er hatte sich selber etwas getröstet, und schwur sich, Magelonens Liebe zu erwerben, oder unterzugehn. Spät in der Nacht ging er nach Hause und setzte sich in seinem Zimmer nieder, und sprach sich jedes Wort wieder vor, das sie ihm gesagt hatte; bald glaubte er Ursach zu finden, sich zu freuen, dann wurde er wieder betrübt, und war von neuem im Zweifel. Er wollte seinem Vater schreiben und richtete in Gedanken die Worte an Magelonen, und trauerte dann über seine Zerstreuung, daß er es wage, ihr zu schreiben, die er nicht kenne. Nun erschrak er vor dem Gedanken, daß ihm das Wesen fremd sei, welches er vor allen übrigen in der Welt so unaussprechlich teuer liebe.

Ein süßer Schlummer überraschte ihn endlich und durchstrich seine Zweifel und Schmerzen, und wunderbare Träume von Liebe und Entführungen, einsamen Wäldern und Stürmen auf dem Meere tanzten in seinem Gemach auf und nieder, und bedeckten wie schöne bunte Tapeten die leeren Wände.

5

Wie der Ritter der schönen Magelone Botschaft sandte

In derselben Nacht war Magelone ebenso bewegt als ihr Ritter. Es däuchte ihr, als könne sie sich auf ihrem einsamen Zimmer nicht lassen; sie ging oft an das Fenster und sah nachdenklich in den Garten hinab, und alles war ihr trübe und schwermütig; sie behorchte die Bäume, die gegeneinanderrauschten, dann sah sie nach den Sternen, die sich im Meere spiegelten; sie warf es dem Unbekannten vor, daß er nicht im Garten unter ihrem Fenster stehe, dann weinte sie, weil sie gedachte, daß es ihm unmöglich sei. Sie warf sich auf ihr Bett, aber sie konnte nur wenig schlafen, und wenn sie die Augen schloß, sah sie das Turnier und den geliebten Unbekannten, welcher Sieger ward und mit sehnsüchtiger Hoffnung zu ihrem Altan hinaufblickte. Bald weidete sie sich an diesen Phantasieen, bald schalt sie auf sich selber; erst gegen Morgen fiel sie in einen leichten Schlummer.

Sie beschloß, ihre Zuneigung ihrer geliebten Amme zu entdecken, vor der sie kein Geheimnis hatte. In einer traulichen Abendstunde sagte sie daher zu ihr: »Liebe Amme, ich habe schon seit lange etwas auf dem Herzen, welches mir fast das Herz zerdrückt; ich muß es dir nur endlich sagen und du mußt mir mit deinem mütterlichen Rate beistehn, denn ich weiß mir selber nicht mehr zu raten.« Die Amme antwortete: »Vertraue dich mir, geliebtes Kind, denn eben darum bin ich älter und liebe dich wie eine Mutter, daß ich dir guten Anschlag geben möge, denn freilich weiß sich die Jugend nie selber zu helfen.«

Da die Prinzessin diese freundlichen Worte von ihrer Amme hörte, ward sie noch dreister und zutraulicher, und fuhr daher also fort: »O Gertraud, hast du wohl den unbekannten Ritter mit den silbernen Schlüsseln bemerkt? Gewiß hast du ihn gesehn, denn er ist der einzige, der bemerkenswert war, alle übrigen dienten nur, ihn zu verherrlichen, allen Sonnenschein des Ruhms auf ihn zu häufen, und selbst in dunkler einsamer Nacht zu wohnen. Er ist der einzige Mann, der schönste Jüngling, der tapferste Held. Seit ich ihn gesehn habe, sind meine Augen unnütz, denn ich sehe nur meine Gedanken, in denen er wohnt, wie er in aller seiner Herrlichkeit vor mir steht. Wüßte ich nur noch, daß er aus einem hohen Geschlechte sei, so wollte ich alle meine Hoffnung auf ihn setzen. Aber er kann aus keinem unedlen Hause stammen, denn wer wäre alsdann edel zu nennen? O antworte mir, tröste mich, liebe Amme, und gib mit nun Rat.«

Die Amme erschrak sehr, als sie diese Rede verstanden hatte; sie antwortete: »Liebes Kind, schon seit lange waren meine Erwartungen so wie meine Neugier darauf gerichtet, daß du mir gestehn solltest, welchen von den Edlen des Königreichs, oder welchen Auswärtigen du liebtest, denn selbst die Höchsten und sogar Könige begehren dein. Aber warum hast du nun deine Neigung auf einen Unbekannten geworfen, von dem niemand weiß, woher er gekommen? Ich zittre, wenn der König, dein Vater, deine Liebe bemerkt.«

»Nun und warum zitterst du?« fiel ihr Magelone mit heftigem Weinen in die Rede. »Wenn er sie bemerkt, so wird er zürnen, der fremde Ritter wird den Hof und das Land verlassen, und ich werde in treuer hoffnungsloser Liebe sterben; und sterben muß ich, wenn der Unbekannte mich nicht wiederliebt, wenn ich auf ihn nicht die Hoffnung der ganzen Zukunft setzen darf. Alsdann bin ich zur Ruhe, und weder mein Vater noch du, keiner wird mich je mehr verfolgen.«

Da die Amme diese Worte hörte, ward sie sehr betrübt und weinte ebenfalls. »Höre auf mit deinen Tränen, liebes Kind«, so rief sie schluchzend aus: »alles will ich ertragen, nur kann ich dich unmöglich weinen sehn; es ist mir, als müßte ich das größte Elend der Erden erdulden, wenn dein liebes Gesicht nicht freundlich ist.«

»Nicht wahr, man muß ihn lieben?« sagte Magelone, und umarmte ihre Amme. »Ich hätte nie einen Mann geliebt, wenn mein Auge *ihn* nicht gesehn hätte; wär es also nicht Sünde, ihn nicht zu lieben, da ich so glücklich gewesen bin, ihn zu finden? Gib nur acht auf ihn, wie alle Vortrefflichkeiten, die sonst schon einzeln andre Ritter edel machen, in ihm vereinigt glänzen; wie einnehmend sein fremder Anstand ist, daß er die hiesige italienische Sitte nicht in seiner Gewalt hat, wie seine stille Bescheidenheit weit mehr wahre Höflichkeit ist, als die studierte und gewandte Galanterie der hiesigen Ritter. Er ist immer in Verlegenheit, daß er niemand Besseres ist, als er, und doch sollte er stolz darauf sein, daß er niemand anders ist, denn so wie er ist, ist er das Schönste, was die Natur nur je hervorgebracht hat. O such ihn auf, Gertraud, und frage ihn nach seinem Stand und Namen, damit ich weiß, ob ich leben oder sterben muß; wenn ich ihn fragen lasse, wird er kein Geheimnis daraus machen, denn ich möchte vor ihm kein Geheimnis haben.«

Als der Morgen kam, ging die Amme in die Kirche und betete; sie sah den Ritter, der auch in einem andächtigen Gebete auf den Knien lag. Als er geendet hatte, näherte er sich der Amme und grüßte sie höflich, denn er kannte sie und hatte sie am Hofe gesehn. Die Amme richtete den Auftrag des Fräuleins aus, daß sie ihn um seinen Stand und Namen ersuche, weil es einem so edlen Manne nicht gezieme, sich verborgen zu halten.

Peter bekam eine große Freude und das Herz schlug ihm, denn er sah aus diesen Worten, daß ihn Magelone liebe; worauf er sagte: »Man erlaube mir, meinen Namen noch zu verschweigen, aber das könnt Ihr der Prinzessin sagen, daß ich aus einem hohen adelichen Geschlechte bin, und daß der Name meiner Ahnherrn in den Geschichtsbüchern rühmlich bekannt ist. Nehmt indes dies zum Angedenken meiner, und laßt es einen kleinen Lohn sein für die fröhliche Botschaft, so Ihr mir wider alles Verhoffen gebracht habt.«

Er gab hierauf der Amme einen von den dreien köstlichen Ringen, und Gertraud eilte sogleich zur Prinzessin, ihr die erhaltene Kundschaft anzusagen, auch zeigte sie ihr den köstlichen Ring, der allein schon bewies, daß der Ritter aus einem vornehmen Hause stammen müsse. Er hatte der Amme zugleich ein Pergamentblatt mitgegeben, in Hoffnung, daß Magelone die Worte lesen würde, die er im Gefühl seiner Liebe niedergeschrieben hatte.

Liebe kam aus fernen Landen
Und kein Wesen folgte ihr,
Und die Göttin winkte mir,
Schlang mich ein mit süßen Banden.

Da begonn ich Schmerz zu fühlen,
Tränen dämmerten den Blick:
»Ach! was ist der Liebe Glück«,
Klagt ich, »wozu dieses Spielen?«

»Keinen hab ich weit gefunden«,
Sagte lieblich die Gestalt,
»Fühle du nun die Gewalt,
Die die Herzen sonst gebunden.«

Alle meine Wünsche flogen
In der Lüfte blauen Raum,
Ruhm schien mir ein Morgentraum,
Nur ein Klang der Meereswogen.

Ach! wer löst nun meine Ketten?
Denn gefesselt ist der Arm,
Mich umfleucht der Sorgen Schwarm;
Keiner, keiner will mich retten?

Darf ich in den Spiegel schauen,
Den die Hoffnung vor mir hält?
Ach, wie trügend ist die Welt!
Nein, ich kann ihr nicht vertrauen.

O und dennoch laß nicht wanken
Was dir nur noch Stärke gibt,
Wenn die Einzge dich nicht liebt,
Bleibt nur bittrer Tod dem Kranken.

Dieses Lied rührte Magelonen; sie las es und las es von neuem, es war ganz ihre eigene Empfindung, wie von einem Echo nachgesprochen. Sie betrachtete den köstlichen Ring, und bat die Amme flehentlich, ihr denselben gegen ein andres Kleinod auszutauschen; die Amme wurde betrübt, da sie sahe, daß das Herz der Prinzessin so ganz von Liebe eingenommen sei, sie sagte daher: »Mein Kind, es schmerzt mich innig, daß du dich einem Fremden gleich so willig und ganz hingeben willst.« Magelone wurde sehr zornig, als sie diese Worte hörte. »Fremd?« rief sie aus; »o wer ist dann meinem Herzen nahe, wenn er mir fremd ist? Wehe müsse dir deine Zunge auf lange tun, für diese Rede, denn sie hat mein Herz gespalten. Wie kann er mir denn fremd sein, wenn ich selbst mein eigen bin, da er nichts ist, als was ich bin, da ich nur das sein kann, was er mir zu sein vergönnt? Die Luft, den Atem, das Leben, alles, alles darf ich ihm nur danken, mein Herz gehört mir selbst nicht mehr, seit ich ihn kenne; oh, liebe Gertraud, was wär ich in der Welt, und was wäre die ganze unermeßliche Welt mir, wenn er mir fremd sein müßte?«

Gertraud tröstete sie, und die Prinzessin legte sich schlafen, vorher aber hing sie an einer feinen Perlenschnur den Ring um den Nacken, daß er ihr auf der Brust zu liegen kam. Im Schlafe sah sie sich in einem schönen und lustigen Garten, der hellste Sonnenschein flimmerte auf allen grünen Blättern, und wie von Harfensaiten tönte das Lied ihres Geliebten aus dem blauen Himmel herunter, und goldbeschwingte Vögel staunten zum Himmel hinauf und merkten auf die Noten; lichte Wolken zogen unter der Melodie hinweg und wurden rosenrot gefärbt und tönten wider. Dann kam der Unbekannte in aller Lieblichkeit aus einem dunkeln Gange, er umarmte Magelonen und steckte ihr einen noch köstlichern Ring an den Finger, und die Töne vom Himmel herunter schlangen sich um beide wie ein goldenes Netz, und die Lichtwolken umkleideten sie, und sie waren von der Welt getrennt nur bei sich selber und in ihrer Liebe wohnend, und wie ein fernes Klaggetön hörten sie Nachtigallen singen und Büsche flüstern, daß sie von der Wonne des Himmels ausgeschlossen waren.

Als Magelone von ihrem schönen Traume erwachte, erzählte sie alles der Amme, und diese sah jetzt ein, daß sie ihren ganzen Sinn auf den Unbekannten gesetzt hätte, und daß er ihr Glück oder Unglück sein müsse, worüber sie sehr nachdenklich wurde.

6
Wie der Ritter Magelonen einen Ring übersandte

Die Amme wandte vielen Fleiß an, den Ritter wieder anzutreffen, und es geschah, daß sie sich in derselben Kirche wiederfanden. Peter war froh, als er die Amme ansichtig wurde, und ging sogleich auf sie zu und erkundigte sich nach dem Fräulein. Sie erzählte ihm alles, wie sie für großer Liebe den Ring für sich behalten, und die geschriebenen Worte gelesen, und wie sie in der Nacht von ihm geträumt. Peter ward rot vor Freuden, als er diese Umstände erzählen hörte und sagte: »Ach, liebe Amme, sagt ihr doch die Empfindungen meines Herzens, und daß ich vor Sehnsucht verschmachten muß, wenn ich sie nicht bald sprechen kann; spreche ich sie aber mündlich, so will ich ihr, wie ich sonst niemand tue, meinen Stand und Namen entdecken; aber ich liebe sie mit einer Liebe, wie kein andres Herz es fähig ist, und alle meine Gebete zum Himmel sind nur der Wunsch, daß ich sie zum ehelichen Gemahl überkommen möchte, und daß ihre Gedanken nur etlichermaßen so nach mir gerichtet wären, wie die meinigen zu ihr. Gebt ihr auch diesen Ring, und bittet sie, ihn als ein geringes Andenken von mir zu tragen.«

Die Amme eilte schnell zu Magelonen zurück, die vor übergroßer Liebe krank war und auf ihrem Ruhebette lag. Sie sprang auf, als sie ihre Kundschafterin erblickte, umarmte sie und fragte nach Neuigkeiten. Die Amme erzählte ihr alles und gab ihr auch den kostbaren Ring. »Sieh!« rief die Prinzessin aus, »das ist eben der Ring, von dem ich geträumt habe; oh! so muß auch das übrige in Erfüllung gehn.« Ein Blatt enthielt dieses Lied:

> Willst du des Armen
> Dich gnädig erbarmen?
> So ist es kein Traum?
> Wie rieseln die Quellen,
> Wie tönen die Wellen,
> Wie rauschet der Baum!
>
> Tief lag ich in bangen
> Gemäuern gefangen,
> Nun grüßt mich das Licht;

Wie spielen die Strahlen!
Sie blenden und malen
Mein schüchtern Gesicht.

Und soll ich es glauben?
Wird keiner mir rauben
Den köstlichen Wahn?
Doch Träume entschweben,
Nur lieben heißt leben:
Willkommene Bahn!

Wie frei und wie heiter!
Nicht eile nun weiter,
Den Pilgerstab fort!
Du hast überwunden,
Du hast ihn gefunden,
Den seligsten Ort!

Magelone sang das Lied, dann küßte sie den Ring, und dann auch den ersten, um ihn nicht zu kränken; dann las sie die Worte von neuem, und sprach sie laut, und so trieb sie es in der Einsamkeit bis spät in die Nacht.

7
Wie der edle Ritter wieder eine Botschaft empfing von der schönen Magelone

Der Ritter befand sich am folgenden Morgen wieder in der Kirche, weil er hoffte, von der Geliebten seiner Seele dort eine Nachricht zu überkommen. Die Amme fand ihn, und es traf sich, daß sie beide in der Kirche allein waren. Er erkundigte sich nach Magelonen und die Amme Gertraud erzählte ihm alles, worauf sie sagte: »Wenn Ihr mir versichert, Herr Ritter, daß Ihr mein Fräulein in aller Zucht und Tugend lieben wollt, so will ich Euch auch nunmehr sagen, wo Ihr sie sprechen könnt.« Peter ließ sich auf ein Knie nieder und hob seine Finger in die Höhe. »Ich schwöre«, sagte er, »daß meine reinsten Gedanken stets um Magelone sind; ich liebe sie in aller Zucht und Anständigkeit, wie es dem ehrbaren Ritter ziemt, und so dies nicht wahr ist, so verlasse mich Gott in meiner allergrößten Not. Amen!« Die Amme war mit diesem Schwure wohl zufrieden, sie vertraute ihm nun gänzlich und sagte: »Ich sehe, daß Ihr nicht nur der tapferste, sondern auch der edelste Ritter seid auf Gottes weiter Erde; Ihr sollt Euch daher auch alles Beistandes von mir gewärtiget sein. Ihr seid glücklich in Magelonen und sie ist glücklich in Euch; macht Euch daher morgen nachmittag fertig, durch die heimliche Pforte des Gartens zu gehn, und sie dann auf meiner Kammer zu sprechen. Ich will euch allein lassen, damit ihr ganz unverhohlen eure Herzensmeinungen ausreden könnt.«

Sie nannte ihm die Stunde, und verließ ihn. Der Ritter stand noch lange und sah ihr im trunkenen Staunen nach, denn er vertraute dem nicht, was er gehört hatte. Das Glück, das er so sehnlichst erharrt, rückte ihm nun so unerwartet näher, daß er es im frohen Entsetzen nicht zu genießen wagte. Der Mensch erschrickt über den Zufall, selbst wenn er ihn glücklich macht; wenn unser Schicksal sich plötzlich zur Wonne umändert, so zweifeln wir in diesem Augenblicke gar zu leicht an der Wirklichkeit des Lebens. Dies dachte auch Peter bei sich, als er alle seine Sinne in trüber Verwirrung bemerkte. »Wie bin ich so vom Glücke überschüttet«, rief er aus, »daß ich gar nicht zu mir selber kommen kann! Wie wohl würde mir jetzt ein Besinnen auf meinen Zustand tun, aber es ist unmöglich! Wenn wir unsre kühnen Hoffnungen in der Ferne sehn, so freuen wir uns an ihrem edlen Gange, an ihren goldnen Schwingen, aber jetzt flattern sie mir plötzlich so nahe ums Haupt, daß ich weder sie noch die übrige Welt wahrzunehmen vermag.«

Er ging nach Hause, und glaubte in manchen Augenblicken, die Zeit stehe seit der Stunde still, in der er die treue Amme gesprochen hatte, denn es wollte nicht Abend werden; als es Abend war, saß er ohne Licht in seiner Kammer und betrachtete die Wolken und Sterne, und sein Herz schlug ihm ungestüm, wenn er dann plötzlich an sich und Magelonen dachte. Er glaubte nicht, daß es wieder Tag werden könne, und daß es die bezeichnete Stunde wagen werde, heraufzukommen. Eingedämmert von Erwartungen, banger Sehnsucht und ängstlicher Hoffnung, schlief er auf seinem Ruhebette ein, und erwachte, als muntre Sonnenstrahlen in seine Kammer hereinspielten, und hell und fröhlich an den Wänden zuckten.

Er raffte sich auf, und dachte, was er ihr sagen wolle; er erschrak jetzt vor dem Gedanken, daß er sie sprechen müsse; dennoch war es sein herzinniglichster Wunsch, er konnte sich nicht besänftigen, darum nahm er die Laute und sang:

> »Wie soll ich die Freude,
> Die Wonne denn tragen?
> Daß unter dem Schlagen
> Des Herzens die Seele nicht scheide?
>
> Und wenn nun die Stunden
> Der Liebe verschwunden,
> Wozu das Gelüste,
> In trauriger Wüste
> Noch weiter ein lustleeres Leben zu ziehn,
> Wenn nirgend dem Ufer mehr Blumen entblühn?
>
> Wie geht mit bleibehangnen Füßen
> Die Zeit bedächtig Schritt vor Schritt!
> Und wenn ich werde scheiden müssen,
> Wie federleicht fliegt dann ihr Tritt!
>
> Schlage, sehnsüchtige Gewalt,
> In tiefer treuer Brust!
> Wie Lautenton vorüberhallt,

Entflieht des Lebens schönste Lust.
Ach, wie bald
Bin ich der Wonne mir kaum noch bewußt.

Rausche, rausche weiter fort
Tiefer Strom der Zeit,
Wandelst bald aus Morgen Heut,
Gehst von Ort zu Ort;
Hast du mich bisher getragen,
Lustig bald, dann still,
Will es nun auch weiter wagen,
Wie es werden will.

Darf mich doch nicht elend achten,
Da die Einzge winkt,
Liebe läßt mich nicht verschmachten,
Bis dies Leben sinkt;
Nein, der Strom wird immer breiter,
Himmel bleibt mir immer heiter,
Fröhlichen Ruderschlags fahr ich hinab,
Bring Liebe und Leben zugleich an das Grab.«

8
Wie Peter die schöne Magelone besuchte

Jetzt war die Zeit da, und die Stunde gekommen, in welcher der Ritter seine geliebte Magelone besuchen sollte. Er ging heimlicherweise durch die Pforte des Gartens und auf die Kammer der Amme, wo er die Prinzessin fand. Magelone saß auf einem Ruhebett und wollte aufstehn, als sie den Ritter eintreten sah, und ihm um den Hals fallen, und ihn mit Tränen und Küssen in die Wette bedecken. Doch mäßigte sie sich und blieb sitzen, aber eine scharlachene Röte überzog ihr ganzes Gesicht, so daß sie aussah wie eine Rose, die sich noch nicht entfaltet hat, und die jetzt der warme Sonnenschein badet, und ihre Blätter auseinanderlockt. Ebenso war auch der Ritter, der mit verschämtem Gesicht vor ihr stand, auf welchem holdselige Freude und Verwirrung sich wechselsweise ablösten.

Die Amme verließ das Gemach, und Peter warf sich ohne zu sprechen auf ein Knie nieder; Magelone reichte ihm die schöne Hand, hieß ihn aufstehn und sich neben sie niedersetzen. Peter tat es, und zitterte an ihrer Seite; seine Augen waren wie zwei glänzende Sterne, so trunken war er vor Entzückung, daß er nun die Geliebteste seiner Seele so dicht vor seinen Augen sah. Lange wollte kein Gespräch in den Gang kommen; ihre zärtlichen Blicke, die sich verstohlen begegneten, störten die Worte; aber endlich entdeckte sich ihr der Jüngling, und sagte, daß er sich ihr ganz zu eigen ergeben habe, seit er sie zuerst gesehn, daß ihr sein ganzes Leben gewidmet sei, und daß er sich durch ihre Liebe wie von Engelshänden berührt, aus einem tiefen Schlafe erwacht fühle.

Er schenkte ihr den dritten Ring, welcher der kostbarste von allen war, wobei er ihre lilienweiße Hand küßte. Sie war über seine Treue innig bewegt, stand auf und holte eine köstliche güldene Kette, die sie ihm um den Hals legte und sagte. »Hiemit erkenne ich Euch für mein und mich für die Eurige, nehmt dieses Andenken, und tragt es immer, so lieb Ihr mich habt.« Dann nahm sie den erschrockenen Ritter in die Arme und küßte ihn herzlich auf den Mund, und er erwiderte den Kuß und drückte sie gegen sein Herz.

Sie mußten scheiden, und Peter eilte sogleich nach seinem Zimmer, als wenn er seinen Waffenstücken und seiner Laute sein Glück erzählen müsse; er war so froh, als er noch nie gewesen war. Er ging mit großen Schritten auf und ab und griff in die Saiten, küßte das Instrument und weinte heftig. Dann sang er mit großer Inbrunst:

»War es dir, dem diese Lippen bebten,
Dir der dargebotne süße Kuß?
Gibt ein irdisch Leben so Genuß?
Ha! wie Licht und Glanz vor meinen Augen schwebten,
Alle Sinne nach den Lippen strebten!

In den klaren Augen blinkte
Sehnsucht, die mir zärtlich winkte,
Alles klang im Herzen wider,
Meine Blicke sanken nieder,
Und die Lüfte tönten Liebeslieder!

Wie ein Sternenpaar
Glänzten die Augen, die Wangen
Wiegten das goldene Haar,
Blick und Lächeln schwangen
Flügel, und die süßen Worte gar
Weckten das tiefste Verlangen:
O Kuß! wie war dein Mund so brennend rot!
Da starb ich, fand ein Leben erst im schönsten Tod.«

9
Turnier zu Ehren der schönen Magelone

Der König Magelon von Neapel wünschte jetzt, daß seine schöne Tochter in kurzer Zeit mit Herrn Heinrich von Carpone vermählt würde, der sich in dieser Absicht schon seit lange am Hofe aufhielt. Es ward daher wieder ein glänzendes Turnier ausgeschrieben, welches alle vorhergehenden an Pracht übertreffen sollte, und viele berühmte Ritter aus Italien und Frankreich versammelten sich. Ein Oheim Peters kam auch aus der Provence, um dem Turniere beizuwohnen: es war derselbe, der den jungen Grafen zum Ritter geschlagen hatte.

Das Kampfspiel nahm seinen Anfang, und alle die großen Ritter zogen auf den Plan, und hielten sich männlich. Peter war ungeduldig und einer der ersten, welche aufzogen. Er hielt sich so wacker, daß er viele Ritter von ihren Rossen stach, unter andern auch den Herrn Heinrich. Magelone stand oben auf dem Altane, und wurde vor Furcht und herzinnigen Wünschen bald rot und bald blaß. Gegen Peter stellte sich endlich sein Oheim, der ihn nicht kannte; aber Peter kannte ihn gar wohl, er rief deshalb den Herold zu sich, und schickte ihn mit diesen Worten an seinen Vetter: er habe ihm einst in der Ritterschaft einen großen Dienst erwiesen, deshalb möchte er nicht gegen ihn rennen, sondern er erkenne ihn ohnedies für den besseren Ritter. Aber der alte Rittersmann ward über den Antrag zornig, und sagte: »Habe ich ihm je einen Dienst erwiesen, so sollte er um so lieber eine Lanze mit mir brechen, um auch mir zu Gefallen zu leben; meint er denn, daß ich seiner nicht wert sei. Denn er wird hier für einen überaus tapfern Ritter geachtet, wie auch seine Taten genugsam an den Tag legen, daß dem wirklich so sei.« Blieb also mit seinem Rosse auf der Bahn stehn, und dem jungen Ritter ward vom Herolde die zornige Antwort überbracht. Sie rannten gegeneinander, aber Peter trug seine Lanze in der Quere, um seinen Verwandten nicht zu verletzen. Jener, Herr Jakob genannt, rannte den Peter so an, daß die Lanze zersplitterte, und er selber fast bügellos wurde. Alle verwunderten sich und die beiden Gegner maßen noch einmal die Bahn zurück, dann ritten sie wieder gegeneinander, und Peter trug seine Lanze wie das erstemal; alle waren in Erstaunen, nur Magelone sah die Ursach ein, und wußte wohl, warum es geschah. Herr Jakob rannte wieder mit heftiger Gewalt auf seinen Gegner, seine Lanze traf auf Peters Brustharnisch, aber der junge Ritter blieb unbeweglich im Sattel sitzen, und der Stoß war so gewaltig, daß Herr Jakob dadurch von sich selber vom Pferde abfiel. Da das Jakob merkte, zog er sich zurück, und hatte keine Lust mehr mit dem jungen Ritter zu stechen. Peter besiegte auch die übrigen Ritter, so daß ihm der Preis mußte zuerkannt werden; der König und alle vom Hofe waren in Erstaunen, und die übrigen Herren zogen ergrimmt nach ihrer Heimat zurück, da sie den Namen des unbekannten Siegers durchaus nicht erfahren konnten. –

Peter hatte seine Geliebte indessen schon zum öftern heimlich besucht, und so nahm er sich einmal vor, ihre Liebe auf die Probe zu stellen. Als er sie daher wieder sah, tat er sehr betrübt, und sagte mit kläglicher Stimme, daß er bald scheiden müsse, denn seine Eltern würden seinetwegen in der größten Betrübnis leben, da sie ihn so lange nicht gesehn, auch keine Nachricht von ihm bekommen hätten. Als Magelone diese Worte hörte, ward sie blaß, dann fing sie heftig an zu weinen, und sank in den Sessel zurück. »Ja, reiset nur ab«, sagte sie, »und alle meine traurigen Ahndungen sind dann in Erfüllung gegangen, ich sehe Euch nicht wieder und mein Tod ist gewiß. Was kümmert er Euch? Nun also, was kümmert er mich? O verzeiht, mein Geliebter, nein, es ist wahr, Ihr müßt Eure Eltern wiedersehn, Ihr habt Euch meinetwegen schon zu lange hier aufgehalten; wie werden sie um Euch trauern, wie sehr nach Eurer Anwesenheit seufzen. Ja, lebt darin wohl, auf ewig wohl!«

Peter sagte: »Nein, meine teuerste Magelone, ich bleibe; wie könnte ich fortziehn, und dich nicht mehr sehn, nicht mehr diese teuren Augen erblicken und Hoffnung und Stärke in ihnen finden, diese liebe Stimme nicht mehr hören, die wie ein Gesang aus dem Paradiese in mein Ohr dringt? Nein, ich bleibe; kein Gedanke nach meiner Heimat und meinen Eltern, denn alle meine Gedanken wohnen hier.«

Magelone wurde wieder fröhlicher, dann besann sie sich eine Weile »Wenn Ihr mich liebt«, fing sie wieder an, »so sollt Ihr dennoch reisen. Eure Worte haben einen Gedanken in mir erweckt, der schon seit lange in meiner Seele schlummert, denn ich muß Euch sagen, es ist jetzt an dem, daß mich mein Vater mit dem Herrn

Heinrich von Carpone vermählen will. Darum flieht von hier, und nehmt mich mit Euch, denn ich traue Eurem Edelmute; haltet morgen in der Nacht mit zwei starken Pferden vor der Gartenpforte, aber laßt es Pferde sein, die eine weite und schnelle Reise wohl vertragen können, denn so man uns einholte, wären wir alle elend.«

Der Jüngling hörte mit frohem Erstaunen diese Worte. »Ja«, rief er aus, »wir fliehen schnell zu meinem Vater, und das schönste Band soll uns dann auf ewig verbinden.«

Er eilte sogleich fort, um die nötigen Anstalten schnell und heimlich zu treffen. Magelone besorgte ihrerseits auch das Nötige, sagte aber ihrer Amme kein Wort von ihrem Entschlusse, aus Furcht, daß sie alles verraten möchte.

Peter nahm Abschied von seiner Kammer, von den Gegenden der Stadt, durch die er so oft in seliger Trunkenheit gewandelt war, und die er alle als Zeugen seiner Liebe betrachtete. Es war ihm rührend, als er die getreue Laute auf seinem Tische liegen sah, die so oft von seinen Fingern gerührt die Gefühle seines Herzens ausgesprochen hatte, die eine Mitwisserin des süßen Geheimnisses war. Er nahm sie noch einmal und sang:

> »Wir müssen uns trennen,
> Geliebtes Saitenspiel,
> Zeit ist es, zu rennen
> Nach dem fernen erwünschten Ziel.
>
> Ich ziehe zum Streite,
> Zum Raube hinaus,
> Und hab ich die Beute,
> Dann flieg ich nach Haus.
>
> Im rötlichen Glanze
> Entflieh ich mit ihr,
> Es schützt uns die Lanze,
> Der Stahlharnisch hier.
>
> Kommt, liebe Waffenstücke,
> Zum Scherz oft angetan,
> Beschirmet jetzt mein Glücke
> Auf dieser neuen Bahn.

Ich werfe mich rasch in die Wogen,
Ich grüße den herrlichen Lauf,
Schon mancher ward niedergezogen,
Der tapfere Schwimmer bleibt oben auf.

Ha! Lust zu vergeuden
Das edele Blut!
Zu schützen die Freuden,
Mein köstliches Gut!
Nicht Hohn zu erleiden,
Wem fehlt es an Mut?

Senke die Zügel,
Glückliche Nacht!
Spanne die Flügel,
Daß über ferne Hügel
Uns schon der Morgen lacht!«

10
Wie Magelone mit ihrem Ritter entfloh

Die Nacht war gekommen. Magelone schlich mit einigen Kostbarkeiten durch den Garten; der Himmel war mit Wolken bedeckt, und ein sparsames Mondlicht drang durch die Finsternis. Sie ging mit wehmütigen Empfindungen ihren lieben Blumen vorüber, die sie nun auf immer verlassen wollte. Ein feuchter Wind wehte durch den Garten und ihr war, als wenn die Gesträuche winselten und klagten, und ihr ein zärtliches Lebewohl nachriefen.

Vor der Pforte hielt Peter mit drei Pferden, darunter war ein Zelter von einem leichten und bequemen Gange für das Fräulein; auf einem andern Pferde waren Lebensmittel, damit sie auf der Flucht nicht nötig hätten in Herbergen einzukehren. Peter hob das Fräulein auf den Zelter, und so flohen sie heimlicherweise und unter dem Schutze der Nacht davon.

Die Amme vermißte am Morgen die Prinzessin, und so fand sich auch bald, daß der Ritter in der Nacht abgereiset sei; der König merkte daraus, daß er seine Tochter entführt habe. Er schickte daher viele Leute aus, um sie aufzusuchen; diese forschten fleißig nach, aber alle kamen nach verschiedenen Tagen unverrichteter Sache zurück.

Peter hatte die Vorsicht gebraucht, daß er nach den Wäldern zugeritten war, die in der Nähe des Meeres lagen; dort waren die Wege am einsamsten und fast gar nicht besucht, hier floh er mit seiner Geliebten sicher unter dem dichten Schutze der Nacht hinweg. Der Tritt von den Pferden hallte im Forste weit hinab, die Wipfel der Bäume rauschten furchtbar in der Dunkelheit, aber Magelonens Herz war frei und fröhlich, denn sie hatte immer ihren Geliebten neben sich. Sie weidete sich an seinem Antlitze, wenn sie über einen freien Platz trabten; sie fragte ihn mancherlei von seinen Eltern und seiner Heimat, und so verging ihnen unter banger Erwartung, Gespräch und schönen Hoffnungen die langwierige Nacht.

Beim Anbruch des Morgens zogen dichte weiße Nebel durch den Wald, wie Gottes Segen, der seine Reise antrat und durch unwegsame Büsche den Saatfeldern zueilte, wo er als Tau niederregnete.

Sie zogen durch den Flug des Nebels weiter, und durch den Morgenwind, der die ganze Natur aus ihrem tiefen Schlafe wachschüttelte. Magelone klagte über keine Beschwer, denn sie empfand keine.

Jetzt brach die liebliche Sonne hervor, und äugelte mit glühendem Funkeln durch den dichten Wald; das grüne Gras schien am Boden zu brennen, und der wankende Tau erbebte mit tausend blendenden Strahlen. Die Rosse wieherten, die Vögel erwachten und sprangen mit ihren Liedern von Zweig zu Zweig, gelbbeschwingte badeten sich im Tau der Wiesen und flatterten im Glanz des jungen Lichtes dicht über dem Boden hinweg; durch den blauen Himmel zogen goldene Streifen herauf und bahnten der aufgegangenen Sonne den Weg; Gesänge ertönten aus allen Büschen, die muntern Lerchen flogen empor und sangen von oben in die rotdämmernde Welt hinein.

Auch Peter stimmte ein fröhliches Lied an, und der schönen Magelone ging darüber das Herz vor Freuden auf. Seine Stimme zitterte durch alle Bäume hinab, und ein ferner Widerhall sang ihm nach. Die beiden Reisenden sahen in der Glut des Himmels, im Glanz des frischen Waldes nur einen Widerschein ihrer Liebe; jeder Ton rief ihr Herz an, und erfüllte es mit wehmütiger Freude.

Die Sonne stieg höher hinauf, und gegen Mittag fühlte Magelone eine große Müdigkeit; beide stiegen daher an einer schönen kühlen Stelle des Waldes von ihren Pferden. Weiches Gras und Moos war auf einer kleinen Anhöhe zart emporgeschossen; hier setzte sich Peter nieder und breitete seinen Mantel aus, auf diesen lagerte sich Magelone und ihr Haupt ruhte in dem Schoße des Ritters. Sie blickten sich beide mit zärtlichen Augen an, und Magelone sagte: »Wie wohl ist mir hier, mein Geliebter, wie sicher ruht sich's hier unter dem Schirmdach dieses grünen Baums, der mit allen seinen Blättern, wie mit ebenso vielen Zungen, ein liebliches Geschwätze macht, dem ich gerne zuhöre; aus dem dichten Walde schallt Vogelgesang herauf, und vermischt sich mit den rieselnden Quellen; es ist hier so einsam und tönt so wunderbar aus den Tälern unter uns, als wenn sich mancherlei Geister durch die Einsamkeit zuriefen und Antwort gäben; wenn ich dir ins Auge sehe, ergreift mich ein freudiges Erschrecken, daß wir nun hier sind; von den Menschen fern und einer dem andern ganz eigen. Laß noch deine süße Stimme durch dieses harmonische Gewirr ertönen, damit die schöne Musik vollständig sei, ich will versuchen ein wenig zu schlafen; aber wecke mich ja zur rechten Zeit, damit wir bald bei deinen lieben Eltern anlangen können.«

Peter lächelte, er sah wie ihr die schönen Augen zufielen, und die langen schwarzen Wimpern einen lieblichen Schatten auf dem holden Angesichte bildeten; er sang:

>»Ruhe, Süßliebchen im Schatten
> Der grünen dämmernden Nacht,
> Es säuselt das Gras auf den Matten,
> Es fächelt und kühlt dich der Schatten,
> Und treue Liebe wacht.
> Schlafe, schlaf ein,
> Leiser rauschet der Hain –
> Ewig bin ich dein.
>
> Schweigt, ihr versteckten Gesänge,
> Und stört nicht die süßeste Ruh!
> Es lauscht der Vögel Gedränge,
> Es ruhen die lauten Gesänge,
> Schließ, Liebchen, dein Auge zu.
> Schlafe, schlaf ein,
> Im dämmernden Schein –
> Ich will dein Wächter sein.
>
> Murmelt fort ihr Melodieen,
> Rausche nur, du stiller Bach,
> Schöne Liebesphantasieen
> Sprechen in den Melodieen,
> Zarte Träume schwimmen nach,
> Durch den flüsternden Hain
> Schwärmen goldene Bienelein,
> Und summen zum Schlummer dich ein.«

11
Wie Peter die schöne Magelone verließ

Peter war durch seinen Gesang beinahe auch eingeschläfert, aber er ermunterte sich wieder, und betrachtete das holdselige Angesicht der schönen Magelone, die im Schlafe süß lächelte. Dann sah er über sich und bemerkte, wie eine Menge schöner und zarter Vögel oben in den Zweigen sich versammelten, die nicht scheu taten, sondern hin und her hüpften, auch jezuweilen auf den kleinen Grasplatz zu ihm herunterkämen. Es ergötzte ihn, daß diese unvernünftigen Kreaturen an der schönen Magelone ein Wohlgefallen zu bezeigen schienen. Da sah er aber in dem Baume einen schwarzen Raben sitzen, und dachte bei sich: »Wie kommt doch dieser häßliche Vogel in die Gesellschaft dieser bunten Tierchen, es dünkt mir nicht anders, als wenn sich ein grober ungeschliffener Knecht unter edle Ritter eindrängen wollte.«

Ihm däuchte, als wenn Magelone mit Bangigkeit Atem holte, er schnürte sie daher etwas auf, und ihr weißer schöner Busen trat aus den verhüllenden Gewändern hervor. Peter war über die unaussprechliche Schönheit entzückt, er glaubte im Himmel zu sein, und alle seine Sinne wandten sich um; er konnte nicht aufhören seine Augen zu weiden und sich an dem Glanze zu berauschen. Mit jedem Atemzuge hob sich die zarte Brust und sank wieder. Der Ritter fühlte, daß er Magelonen noch nie so geliebt habe, daß er noch niemals so glücklich gewesen sei. Zwischen den Brüsten versteckt, bemerkte er einen roten Zindel; er war neugierig zu erfahren, was es sein möchte; er nahm ihn und wickelte ihn auseinander. Da fand er die drei kostbaren Ringe, die er seiner Geliebten geschenkt hatte, und er war innig gerührt, daß sie sie so liebevoll und sorgfältig bewahrte. Er wickelte sie wieder ein, und legte sie neben sich in das Gras; aber plötzlich flog der Rabe vom Baume hernieder und führte den Zindel hinweg, den er für ein Stück Fleisch ansehn mochte. Peter erschrak sehr und besorgte, daß Magelone unwillig werden möchte, wenn ihr beim Erwachen die Ringe fehlten. Er legte ihr also sorgfältig seinen Mantel unter das Haupt zusammen, und stand leise auf, um zu sehn, wo der Vogel mit den Ringen bleiben würde. Der Rabe flog vor ihm her, und Peter warf nach ihm mit Steinen, in der Meinung, ihn zu töten, oder ihn wenigstens zu zwingen, seinen

Raub wieder fallen zu lassen. Aber der Vogel flog immer weiter und Peter verfolgte ihn unermüdet, doch keiner von den Steinwürfen wollte den Raben treffen. So war ihm Peter schon eine ziemliche Weile gefolgt, und kam jetzt an das Meerufer. Nicht weit vom Ufer stand im Meere eine spitzige Klippe, auf diese setzte sich der Rabe, und Peter warf von neuem nach ihm mit Steinen; der Vogel ließ endlich den Zindel fallen, und flog mit großem Geschrei davon. Peter sah im Meere nicht weit vom Ufer rot den Zindel schwimmen; er ging am Lande hin und her, um etwas zu finden, worauf er die wenigen Schritte in das Wasser hineinfahren könne. Er fand auch endlich einen kleinen, alten, verwitterten Kahn, den die Fischer hier hatten stehenlassen, weil er ihnen nichts mehr nützte. Peter stieg rasch hinein, nahm einen Zweig, und ruderte damit, so gut er nur konnte, nach dem Zindel hin.

Aber plötzlich erhob sich vom Lande her ein starker Wind, die Wellen jagten sich übereinander und ergriffen den kleinen Kahn, in welchem Peter stand. Peter setzte sich mit allen Kräften dagegen, aber das Schiff ward dennoch der Klippe vorüber, ins Meer hinein getrieben, und weiter und immer weiter. Peter sah zurück, und kaum bemerkte er noch den roten Flecken, den der Zindel im Meere machte, und jetzt verschwand er völlig, auch das Land lag schon ziemlich entfernt. Nun gedachte Peter an seine Magelone zurück, die er im wüsten Holze schlafend verlassen hatte; das Schiff trug ihn wider Willen immer weiter in die See hinein, und er kam in Angst und Verzweiflung. Er war im Begriff, sich in das Meer zu stürzen, er schrie und klagte, und alle seine Töne gab ein Echo zurück, und die Wellen plätscherten laut dazwischen.

Das Land lag nun schon weit zurück in einer unkenntlichen Ferne, die Dämmerung des Abends brach herein. »Ach teuerste Magelone!« rief Peter in der höchsten Betrübnis seiner Seelen heftig aus: »wie wunderlich werden wir voneinander geschieden! Eine schwarze Hand treibt mich von deiner Seite in das wüste Meer hinaus, und du bist allein und ohne Hülfe. Was willst du Unglückselige im wüsten Walde beginnen? Ach! ich bin schuld an deinem Tode! Mußte ich dich darum, dich Königstochter von deinen Eltern entführen, um dich der härtesten Not preiszugeben? Bist du darum so zart und edel erzogen, daß du nun vielleicht eine Beute der wilden Tiere werden mußt?

Was wird sie nun machen, wenn sie erwacht, und den vermißt, den sie für den Getreuesten auf der ganzen Erde hielt? Warum mußte mein Vorwitz nur die Ringe hervorsuchen, konnte ich sie nicht an ihrem schönsten Platze lassen, wo sie so sicher waren? O weh mir, nun ist alles verloren und ich muß mich in mein Verderben finden!«

Solche Klagen trieb er, und gebärdete sich auf dem wüsten Meere äußerst trübselig. Er verlor alle Hoffnung, und gab sein Leben auf. Der Mond schien vom Himmel herab und erfüllte die Welt mit goldener Dämmerung; alles war still, nur die Wellen seufzten und plätscherten, und Vögel flatterten zuzeiten mit seltsamen Tönen über ihn dahin. Die Sterne standen ernst am Himmel und die Wölbung spiegelte sich in der wogenden Flut. Peter warf sich nieder, und sang mit lauter Stimme:

>»So tönet dann, schäumende Wellen,
>Und windet euch rund um mich her!
>Mag Unglück doch laut um mich bellen,
>Erbost sein das grausame Meer!
>
>Ich lache den stürmenden Wettern,
>Verachte den Zorngrimm der Flut;
>O mögen mich Felsen zerschmettern!
>Denn nimmer wird es gut.
>
>Nicht klag ich, und mag ich nun scheitern,
>In wäßrigen Tiefen vergehn!
>Mein Blick wird sich nie mehr erheitern,
>Den Stern meiner Liebe zu sehn.
>
>So wälzt euch bergab mit Gewittern,
>Und raset, ihr Stürme, mich an,
>Daß Felsen an Felsen zersplittern!
>Ich bin ein verlorener Mann.«

Er lag im Kahne ausgestreckt, und eine dumpfe Betäubung ergriff ihn; er wußte vor Übermaß des Schmerzes nicht mehr, wo er war, und ließ sich gleichgültig von Wind und Wellen weitertreiben; endlich verfiel er in einen Zustand, der fast einem Schlafe glich.

12
Die Klagen der schönen Magelone

Magelone erwachte, nachdem sie sich durch einen süßen Schlaf erquickt hatte, und meinte, daß ihr Geliebter noch bei ihr säße. Sie erschrak, als sie sich aufrichtete und ihn nicht mehr fand; sie wartete erst eine Weile, ob er nicht wiederkommen möchte, dann ging sie hin und her, und rief seinen Namen mit lauter Stimme aus. Da sie keine Antwort vernahm, fing sie an zu weinen und zu schluchzen, wandte sich dann im Holze nach allen Orten hin, und rief so lange, bis sie heiser war, aber sie erhielt keine Antwort. Da wurde sie so betrübt, daß sie einen heftigen Schmerz im Haupte empfand, sie sank auf den Boden nieder, und lag eine Weile in einer schmerzlichen Ohnmacht. Als sie wieder zu sich erwachte, däuchte ihr, daß es ein leichtes sein müsse, jetzt gar zu sterben; nun sah sie nicht mehr auf die Vögel, die scherzend um sie hüpften, denn wenn sie die Augen aufschlug, war es ihr zu Sinne, daß jede Kreatur, die sich regte und bewegte, glücklicher sei, als sie.

Mit vieler Mühe stieg sie auf einen Baum, um sich in der Gegend umzusehn, ob sie nichts entdecken könne, aber sie sah nichts als Wälder auf der einen Seite, keine Wohnung, kein Dorf, so weit ihr Auge reichte, auf der andern Seite das wüste unabsehliche Meer. Trostlos stieg sie wieder herab, und weinte und klagte von neuem: »O ungetreuer Ritter«, rief sie aus, »warum hast du deine unschuldige Geliebte verlassen? Hast du mich darum meinen Eltern geraubt, damit ich hier in der Wüstenei verschmachten soll? Was hab ich dir getan? Hab ich dich zu sehr geliebt? Bist du mein überdrüssig, weil ich dir mein schwaches Herz zu früh zu erkennen gab? Oh, so bist du der Elendeste unter den Menschen!«

Sie ging wie wahnsinnig im Walde hin und her; da traf sie die Rosse, die noch so angebunden standen, wie Peter sie festgemacht hatte. »O vergib mir, mein Geliebter!« rief sie aus, »jetzt werde ich wohl gewahr, daß du unschuldig bist und daß du mich nicht vorsätzlicherweise verlassen hast. Welches Abenteuer hat uns denn voneinander getrennt?«

Die Finsternis brach mit der Nacht herein, und der Mond warf gebrochne Strahlen durch den Wald; seltsame fremde Stimmen ließen sich in der Ferne hören, und Magelone fürchtete, daß es das Geschrei wilder Tiere sei. Mühsam stieg sie wieder auf einen Baum. Die Wolken wechselten am Himmel wunderlich vom Monde beglänzte und jagten sich durcheinander; bald sah sie in diesen Lufterscheinungen ihren Ritter, der mit Ungeheuern kämpfte und sie besiegte; dann verwandelte sich im Zuge das Wolkengebilde in ein andres; ihr dämmerndes Auge glaubte dann am Himmel Städte mit hohen Türmen zu erblicken, oder Berge, auf denen feurige Kastelle brannten, Reiter, die in Geschwadern auszogen, und dem Feinde im Tale begegneten. Wie Blitze flatterte es dann durch die Landschaft, und die hellgrüne Himmelsebene lag prächtig zwischen den getrennten Wolkenbildern; dann fühlte sie, daß sie nur geschwärmt habe, und mit bangem Grauen warf sie den Blick auf die Wälder unter sich, die schwarz in ernsten unbeweglichen Gestalten ruhten; sie sah nach der See hinab, die in unermeßlicher Fläche vor ihren Augen bebte und dämmerte. In der stillen Nacht kam das Plätschern der Wellen zu ihrem Ohre, das bald wie Gewinsel, bald wie zürnende Scheltworte klang; dann glaubte sie die Stimme ihres Vaters und ihrer Mutter zu hören, und so trieb sich ihr Gemüt unter Phantasieen auf und ab, bis der Morgen emporkam. Wie verschieden war diese Morgenröte von der gestrigen! Wie weit stand jetzt die Hoffnung weg, die gestern noch mit leichten Flügeln wie ein blauer Schmetterling vor ihr hintanzte, die ihr den Weg nach einer lieben Heimat wies, und alle Blumen am Wege aufsuchte und auf sie hindeutete.

Das Waldgeflügel ließ seine Gesänge wieder klingen, das frühe Rot arbeitete sich durch den dichten Wald, schlich gebückt und wundersam durch die niedrigen Gesträuche, und weckte Gras und Blumen auf; der Wald brannte in dunkelroten Flammen und der Nebel wand sich in goldenen Säulen um die Baumstämme. Magelone hatte in der Nacht beschlossen, nicht zu ihrem Vater zurückzukehren, denn sie fürchtete seinen Zorn, sie wollte irgendeine stille Wohnung aufsuchen, von den Menschen abgesondert, dort immer an ihren Geliebten denken und so in Frömmigkeit und Treue hinsterben. Sie stieg daher vom Baum herunter und ging wieder zu den treuen Pferden, die noch angebunden standen, und den Kopf betrübt zur Erde senkten. Sie löste ihre Zügel, so daß sie gehn konnten, wohin sie wollten, indem sie sagte: »So wandert nun auch hin durch die weite traurige Welt, und suchet euren Herrn wieder, so wie ich ihn suchen will.« Die Rosse gingen betrübt fort, jedes einen andern Weg.

Magelone wanderte durch die dichten Wälder, sie hatte einige Nahrung mit sich genommen. Um sich unkenntlich zu machen, verbarg sie ihre langen goldenen Haare und zog einen Schleier über ihr Gesicht; sie suchte auch ihre Kleidung zu verändern. So kam sie durch manche Dörfer und Städte und blieb immer betrübt.

Nach einer Wanderung von vielen Tagen stand sie gegen Abend auf einer freundlichen stillen Wiese, gegenüber lag eine kleine Hütte, und Vieh weidete auf den nahen Hügeln, das mit seinen Glocken ein angenehmes Getöne durch die Ruhe des Abends machte: auf der andern Seite lag ein Wald, und Magelonens Seele wurde hier zum ersten Male nach langer Zeit ruhig und heiter. Sie faßte daher den Wunsch, in dieser friedlichen Gegend zu wohnen. Sie ging auf die Hütte zu, aus der ihr ein alter Schäfer entgegentrat, der hier mit seiner Frau sich angesiedelt hatte, und fern von der Welt und den Menschen fromme Lämmer großzog, und einen kleinen Acker baute. Sie redete ihn an, und flehte als eine Unglückliche um Schutz und Hülfe. Er nahm sie gerne auf, und sie unterzog sich den Diensten willig, die sie leisten konnte, dabei aber verschwieg sie ihrem Wirte ihre Geschichte. Es geschah manchmal, daß sie einem Unglücklichen beistehn konnten, wenn ihn der Schiffbruch an die nahgelegene Küste trieb, und dann zeigte sich besonders Magelone hülfreich und tätig. Wenn die Alten ausgingen, bewachte sie das Haus, und sang dann manchmal in der Einsamkeit mit der Spindel vor der Türe sitzend:

»Wie schnell verschwindet
So Licht als Glanz,
Der Morgen findet
Verwelkt den Kranz,

Der gestern glühte
In aller Pracht,
Denn er verblühte
In dunkler Nacht.

Es schwimmt die Welle

Des Lebens hin,
Und färbt sich helle,
Hat's nicht Gewinn;

Die Sonne neiget,
Die Röte flieht,
Der Schatten steiget
Und Dunkel zieht:

So schwimmt die Liebe
Zu Wüsten ab,
Acht daß sie bliebe
Bis an das Grab!

Doch wir erwachen
Zu tiefer Qual:
Es bricht der Nachen,
Es löscht der Strahl,

Vom schönen Lande
Weit weggebracht
Zum öden Strande,
Wo um uns Nacht.«

13
Peter unter den Heiden

Peter erholte sich aus seiner Betäubung, als die Sonne eben in aller Majestät über die große Meeresflut heraufstieg. Ein furchtbarer Glanz schwang sich durch den Himmel und löschte Mond und Sterne mit glühenden Strahlen aus; die Wasser erklangen und verwandelten sich in Purpur, Wolkenzüge trieben vor der Sonne her und segelten, wie von der Majestät geschreckt, über das Meer hinweg, und ein sprühender Regen von Funken verbreitete sich weit umher, und ergoß sich in Bogen über die Flut. Peter fühlte wieder männlichen Mut in seiner Brust, die Qualen des Lebens so wie seine Freuden zu erdulden.

Ein großes Schiff segelte auf ihn zu, das von Mohren und Heiden besetzt war; sie nahmen ihn ein und freuten sich über diese Beute, denn Peter war gar schön und herrlich von Gestalt, dazu gab ihm seine Jugend ein zartes und einnehmendes Wesen, so daß niemand sein Feind sein konnte. Der Anführer des Schiffes beschloß, ihn dem Sultan als ein Geschenk mitzubringen.

Man landete, und Peter ward sogleich dem Sultan vorgestellt, der einen großen Gefallen an ihm fand, und ihn bei der Tafel aufwarten ließ, ihm auch die Aufsicht über einen schönen Garten anvertraute. Peter war allgemein beliebt, weil er vom Sultan so gnädig angesehen wurde. Oft ging er einsam zwischen den Blumen des Gartens, und dachte an seine geliebte Magelone, oft nahm er auch in der Abendstunde eine Zither und sang:

> »Muß es eine Trennung geben,
> Die das treue Herz zerbricht?
> Nein dies nenne ich nicht leben,
> Sterben ist so bitter nicht.
>
> Hör ich eines Schäfers Flöte,
> Härme ich mich inniglich,
> Seh ich in die Abendröte,
> Denk ich brünstiglich an dich.
>
> Gibt es denn kein wahres Lieben?

Muß denn Schmerz und Trauer sein?
Wär ich ungeliebt geblieben,
Hätt ich doch noch Hoffnungsschein.

Aber so muß ich nun klagen:
Wo ist Hoffnung, als das Grab?
Fern muß ich mein Elend tragen,
Heimlich stirbt das Herz mir ab.«

14
Die Heidin Sulima liebt den Ritter

Peter mochte hier vergnügt leben, wenn die Liebe nicht seine Jugend verzehrt hätte. Er war nun schon seit lange am Hofe des Sultans und von ihm und den übrigen geschätzt; er hatte viele Freiheit und ward von manchem Hofdiener beneidet; aber er verdiente diesen Neid nicht, denn er ward von seiner Unruhe hin und her getrieben, er seufzte und klagte laut, wenn er sich im Garten allein befand.

So verstrich eine Woche nach der andern und er war nun beinahe zwei Jahr unter den Heiden, ohne daß er Hoffnung hatte, jemals in sein geliebtes Vaterland zurückzukehren, denn der Sultan liebte ihn so sehr, daß er ihn durchaus nicht von sich entfernen wollte. Dies zog sich Peter auch zu Sinne und ward darüber mit jedem Tage betrübter, denn er dachte unaufhörlich an seine Eltern und seine Geliebte. Nichts machte ihm Freude, und da der Frühling wiederkam, weinte er bei seiner Ankunft, und trauerte tief, indem die ganze Natur ihr holdseligstes Fest beging.

Der Sultan hatte eine Tochter, die im ganzen Lande ihrer Schönheit wegen berühmt war, mit Namen Sulima. Sie fand oft Gelegenheit, den Fremden zu sehn, und ohne daß sie es anfangs wußte, hatte sich eine heftige Liebe zu ihm in ihr Herz geschlichen. Die Traurigkeit des Ritters zog sie vorzüglich an, sie wünschte ihn trösten zu können, ihm näherzukommen, und mit ihm zu reden. Die Gelegenheit dazu fand sich bald. Eine vertraute Sklavin führte den Jüngling heimlich in einen Saal des Gartens zu ihr. Peter war erstaunt und in Verlegenheit; er verwunderte sich über die Schönheit der Sulima, aber sein Herz hing an Magelonen fest.

Doch der süße Trieb, sein Vaterland wiederzusehn, bemeisterte sich bald aller seiner Sinnen so sehr, daß er einem kühnen Anschlage nachdachte. Er sah das Heidenmädchen öfter, und sie sagte ihm, daß sie aus Liebe zu ihm mit ihm entfliehen wolle, erst zu einem Verwandten, der ein Schiff segelfertig liegen habe, das auf ihren Wink sogleich die Anker lichten würde; sie wolle ihm in der bestimmten Nacht durch eine Laute und ein kleines Lied ein Zeichen geben, wann er kommen und sie abholen solle. Peter überlegte diesen Vorschlag und willigte endlich ein, denn er überzeugte sich, daß Magelone gewiß gestorben sei, und er komme doch so in die Christenheit und zu seinen Eltern zurück.

Der Garten des Sultans lag am Ufer des Meeres, und die bestimmte Nacht war jetzt herbeigekommen. Gegen Abend hatte Peter ein wenig unter den kühlen Bäumen geschlummert, und Magelone war ihm in aller Herrlichkeit, aber mit einer drohenden Gebärde, im Traum erschienen. Die ganze Vergangenheit zog mit den lebhaftesten Bildern durch seinen Busen, jede Stunde seiner glücklichen Liebe kam mit allen seligen Empfindungen zurück, und als er nun erwachte, erschrak er vor sich selber und seinem Vorsatze. Er hätte sich selber entfliehen mögen, und das Andenken an sich und sein Bewußtsein aus seinem Busen vertilgen.

Die Nacht brach indes herein, und alle Sterne glänzten schon am Himmel; der Mond ging auf und warf sein goldenes Netz über das Meer hin, als Peter nachdenklich am Ufer auf und nieder ging. Ein frischer Wind blies vom Lande her durch den Garten, und die Bäume rauschten munter und fröhlich, aber Peter ward dadurch nur desto betrübter.

»O ich Treuloser! ich Undankbarer!« rief er aus, »will ich so ihre Liebe belohnen, will ich als ein Meineidiger in mein Vaterland zurückkehren? Das wäre mir ein schlechter Ruhm unter meinen Verwandten und der ganzen Ritterschaft; und wie sollte ich gegen Magelonen die Augen aufschlagen dürfen, wenn sie noch lebt? Und warum sollte sie nicht leben, da ich so wunderbar erhalten bin? O ich bin ein feiger Sklave, daß ich für mich selber noch nichts gewagt habe! Warum überlaß ich mich nicht dem gütigen Schicksal, und fahre in einem dieser Nachen in das Meer hinein? Überließ ich mich nicht auf einem zerbrochenen Brette der empörten Flut, und kam an dies Gestade? Soll ich nicht auf Gott vertraun, wenn von Vaterland, wenn von meiner Liebe die Rede ist?«

Er stieg beherzt in ein kleines Boot, das er vom Lande ablöste, dann nahm er ein Ruder und arbeitete sich in die See hinein. Es war die schönste Sommernacht; alle Gestirne sahen freundlich in die mondbeglänzte Welt hinein, das Meer war eine stille ebene Fläche, und warme Lüfte spielten über dem ruhigen Spiegel hin. Peters Herz ward groß von Sehnsucht, er überließ sich dem Zufall und den

Sternen, und ruderte mutig weiter; da hörte er das verabredete Zeichen, eine Zither erklang aus dem Garten her, und eine liebliche Stimme sang dazu:

>>Geliebter, wo zaudert
Dein irrender Fuß?
Die Nachtigall plaudert
Von Sehnsucht und Kuß.

Es flüstern die Bäume
Im goldenen Schein,
Es schlüpfen mir Träume
Zum Fenster herein.

Ach! kennst du das Schmachten
Der klopfenden Brust?
Dies Sinnen und Trachten
Voll Qual und voll Lust?

Beflügle die Eile
Und rette mich dir,
Bei nächtlicher Weile
Entfliehn wir von hier.

Die Segel sie schwellen,
Die Furcht ist nur Tand:
Dort, jenseit den Wellen,
Ist väterlich Land.

Die Heimat entfliehet; –
So fahre sie hin!
Die Liebe sie ziehet
Gewaltig den Sinn.

Horch! wollüstig klingen
Die Wellen im Meer,
Sie hüpfen und springen
Mutwillig einher,

Und sollten sie klagen?
Sie rufen nach dir!
Sie wissen, sie tragen

Die Liebe von hier.«

Peter erschrak im Herzen, als er diesen Gesang vernahm; das Lied rief ihm seine Untreue und seinen Wankelmut nach. Er ruderte stärker, um sich vom Lande zu entfernen und dem Kreise zu entfliehen, den die lieblich lockenden Töne in der stillen Abendluft bildeten. Der Geist der Liebe schwang sich durch den goldenen Himmel; Liebe wollte ihn rückwärts ziehn, Liebe trieb ihn vorwärts, die Wellen murmelten melodisch dazwischen, und klangen wie ein Lied in fremder Sprache, dessen Sinn man aber dennoch errät.

Der Gesang vom Ufer her ward immer schwächer. Schon sah Peter die Bäume am Gestade nicht mehr; es war, als wenn sich ihm die Musik über das Meer nacharbeitete, und endlich matt und kraftlos nicht weiterzuschwimmen wagte, sondern zum einheimischen Ufer zurückschlich; denn jetzt hörte er den Gesang nur noch wie ein leises Wehen des Windes, und jetzt erlosch auch die letzte Spur, und die Wellen rieselten nur, und der Ruderschlag ertönte durch die einsame Stille.

15
Wie Peter wieder zu Christen kam

Wie der Gesang verschollen war, faßte Peter wieder frischen Mut; er ließ das Schifflein vom Winde hintreiben, setzte sich nieder und sang:

>»Wie froh und frisch mein Sinn sich hebt,
>Zurück bleibt alles Bangen,
>Die Brust mit neuem Mute strebt,
>Erwacht ein neu Verlangen.
>
>Die Sterne spiegeln sich im Meer,
>Und golden glänzt die Flut. –
>Ich rannte taumelnd hin und her,
>Und war nicht schlimm, nicht gut.
>
>Doch niedergezogen
>Sind Zweifel und wankender Sinn,
>O tragt mich, ihr schaukelnden Wogen,
>Zur längst ersehnten Heimat hin.
>
>In lieber dämmernder Ferne
>Dort rufen einheimische Lieder,
>Aus jeglichem Sterne
>Blickt sie mit sanftem Auge nieder.
>
>Ebne dich, du treue Welle,
>Führe mich auf fernen Wegen
>Zu der vielgeliebten Schwelle,
>Endlich meinem Glück entgegen!«

Als das Morgenrot aufging, sah er das Land nur noch wie eine unkenntliche blaue Wolke weit hinunter liegen, und er erschrak beinah, als ihn das allmächtige Meer und der gewölbte Himmel so unermeßlich umgab. In der Ferne segelte ein Schiff auf ihn zu, und er hätte beinah geglaubt, daß er sein ehemaliges Unglück nur von neuem träume; aber als es näher gekommen, sah er, daß die Schiffer Christen waren, die ihn sogleich willig aufnahmen. Er freute sich, als er hörte, daß sie nach Frankreich segelten.

16
Der Ritter auf der Reise

Um die Zeit war der Graf von der Provence nebst seiner Gemahlin sehr betrübt, weil sie noch gar keine Nachrichten von ihrem geliebten Sohne bekommen hatten. Besonders aber war die Mutter in Angst, denn sie hatte eine große Sehnsucht, ihren einzigen Sohn nach so langer Zeit wiederzusehn. Sie sprach oft mit dem Grafen von ihrem Kummer, und daß ihr schöner Sohn wahrscheinlich umgekommen sei. Da sollte ein Fest gegeben werden, und ein Fischer brachte einen großen Fisch in die gräfliche Küche; als ihn der Koch aufschnitt, fand er drei Ringe in dessen Bauche, die er der Gräfin überbrachte. Die Gräfin verwunderte sich über die Maßen, denn sie erkannte sie für eben diejenigen, die sie ihrem Sohne gegeben hatte. Sie sagte daher zu ihrem Gemahl: »Jetzt bin ich getröstet, denn da ich so unvermutet und auf so wunderbare Weise Kundschaft von meinem Sohn bekommen habe, so bin ich auch überzeugt, daß Gott ihn nicht verlassen hat, sondern daß er ihn nach vielen überstandenen Mühseligkeiten in unsre Arme zurückführen wird.« –

Peter stand im Schiffe und sah immer nach der Gegend hin, wo die erwünschte Heimat lag. Die Fahrt war glücklich, und man landete an einer kleinen unbewohnten Insel, um süßes Wasser einzunehmen. Alles Schiffsvolk stieg an das Land, und auch Peter. Er ging durch ein anmutiges Tal und verlor sich hinter einigen Hügeln in das Land hinein; da setzte er sich nieder und sah viele schöne Blumen um sich stehn. Alle blickten ihn wie mit freundlichen, lieblichen Augen an, und er dachte innig an Magelonen, und wie sie ihn geliebt hatte. »Wie kann der Liebende«, rief er aus, »sich nur jemals einsam fühlen? Erinnern mich nicht diese blauen Kelche an ihre holdseligen Augen, dieses goldene Blatt an ihr Haar, die Pracht dieser Lilie und Rose nebeneinander, an ihre zarten Wangen? Ist es doch, als wenn der Wind in den Blumen sich bewegt, und es, wie auf Saiten versuchen will, ihren süßen Namen auszusprechen; Quellen und Bäume nennen ihn, für die übrigen Menschen unverständlich, aber mir laut und vernehmlich.«

Er erinnerte sich eines Gesanges, den er vor langer Zeit gedichtet hatte, und wiederholte ihn jetzt:

»Süß ist's, mit Gedanken gehn,
Die uns zur Geliebten leiten,
Wo von blumbewachsnen Höhn
Sonnenstrahlen sich verbreiten.

Lilien sagen: 'Unser Licht
Ist es, was die Wange schmücket';
'Unsern Schein die Liebste blicket':
So das blaue Veilchen spricht.

Und mit sanfter Röte lächeln
Rosen ob dem Übermut,
Kühle Abendwinde fächeln
Durch die liebevolle Glut.

All ihr süßen Blümelein,
Sei es Farbe, sei's Gestalt,
Malt mit liebender Gewalt
Meiner Liebsten hellen Schein,
Zankt nicht, zarte Blümelein.

Rosen, duftende Narzissen,
Alle Blumen schöner prangen,
Wenn sie ihren Busen küssen
Oder in den Locken hangen,
Blaue Veilchen, bunte Nelken,
Wenn sie sie zur Zierde pflückt,
Müssen gern als Putz verwelken,
Durch den süßen Tod beglückt.

Lehrer sind mir diese Blüten,
Und ich tue wie sie tun,
Folge ihnen, wie sie rieten,
Ach! ich will gern alles bieten,
Kann ich ihr am Busen ruhn.

Nicht auf Jahre sie erwerben,
Nein, nur kurze, kleine Zeit,
Dann in ihren Armen sterben,
Sterben ohne Wunsch und Neid.

Ach! wie manche Blume klaget

Einsam hier im stillen Tal,
Sie verwelket eh es taget,
Stirbt beim ersten Sonnenstrahl:
Ach, so bitter herzlich naget
Auch an mir die scharfe Qual,
Daß ich sie und all mein Glücke,
Nimmer, nimmermehr erblicke.«

Er weinte heftig, indem er die letzten Worte sang, denn er glaubte sein Herz zu verstehn, das ihm ein Unglück vorhersagte. Er betrachtete mit tränenden Blicken das Blumenlabyrinth um sich her, und es war ihm ein Ergötzen, die Blumen in seiner Einbildung so zu ordnen, daß sie den Namenszug Magelonens ausdrückten. Dann horchte er auf das lispelnde Gras, das ihm etwas zu sagen schien, auf die Blüten, die sich oft zärtlich zueinander neigten, als wenn sie ein herzliches Gespräch von Liebe führen wollten. In der ganzen Natur sah er liebevolle Eintracht, und jedes Geräusch klang seinem Ohre wie ein melodischer Gesang. Darüber verlor er sich immer mehr in Träumen; von den Tränen ermüdet schlief er endlich unter den Blumen ein, und es war ihm im Traum, als wenn er laut den Namen Magelone ausrufen hörte; darüber ging ihm sein Herz wie eine zugeschlossene Knospe auf, und er fühlte eine übergroße Freude.

17
Peter wird von Fischern aufgefunden

Aber der Wind blies indes lustig in die Segel, und das Schiffsvolk eilte wieder in das Schiff, um abzufahren, nur Peter blieb aus; man rief ihn, aber da er nicht kam, fuhren die übrigen fort.

Als sie schon weit vom Ufer entfernt waren, erwachte Peter aus seinem erquickenden Schlafe; er erschrak, als er gewahr ward, daß er geschlafen hatte. Er eilte an das Ufer, aber niemand war da, und das Schiff nirgend zu sehn. Da senkte sich eine große Traurigkeit in sein Herz, alle seine Hoffnungen waren wieder verschwunden: er stürzte nieder und lag am Ufer des Meeres ohne Besinnung und in tiefer Ohnmacht, so daß es finstre Nacht wurde und er es nicht bemerkte.

Als es nach Mitternacht kam, ging der Mond auf, und einige Fischer fuhren mit einem Kahne an die Insel, um ihre Arbeit hier vorzunehmen; sie fanden den Jüngling, der für tot auf der Erde ausgestreckt lag. Das feste Land war nicht weit von dieser Insel, sie luden ihn daher in ihr kleines Schiff, und fuhren wieder ab, um ihn ins Leben zurückzubringen. Schon unterwegs erwachte Peter; es dünkte ihm seltsam, als ihm der Mond ins Angesicht schien und er die Ruder seufzen hörte, und wie er vernahm, daß zwei fremde Männer miteinander verabredeten, wie sie ihn zu einem alten Schäfer bringen wollten, der sein pflegen würde. Oft kam es ihm vor wie ein Traum, oft wieder wie Wahrheit, und er zweifelte so lange, bis sie endlich mit dem Aufgang der Sonne landeten.

Als Peter eine Weile in den erquickenden Sonnenstrahlen gelegen hatte, ward er wieder munter und richtete sich auf; er dankte in einem Gebete Gott, daß er ihm wieder von der menschenleeren Insel geholfen habe, dann gab er den guten Fischern eine Menge Goldes, und ließ sich den Weg nach der Hütte des Schäfers beschreiben.

Er ging durch einen dichten, angenehmen Wald, durch dessen dunkle Schatten der Morgen noch dämmerte. Er folgte einem geschlängelten Fußpfade, und überdachte schwermütig sein Schicksal; alles Ungemach, das er erlitten, kam frisch in seine Seele, und er ward darüber so unmutig, daß er von Herzen wünschte, endlich zu sterben.

Mit diesen Gedanken trat er aus dem Walde und stand vor einer schönen grünen Wiese, die im Morgenlicht glänzte; gegenüber lag eine kleine einsame Hütte, und Schafe wurden von einem alten Manne einen Hügel hinangetrieben. Alles schimmerte rot und freundlich, und die stille Ruhe umher brachte auch in Peters Seele Ruhe zurück. Er merkte, daß dies die Hütte sei, die ihm die Fischer bezeichnet hatten, und er wünschte, hier einige Tage zu rasten und sich zu erquicken. Er ging daher über die Wiese, auf der viele wilde Blumen rot und gelb und himmelblau blühten, der kleinen Hütte näher. Vor der Türe saß ein schlankes schönes Mägdlein, zu deren Füßen ein Lamm im Grase spielte; diese sang, indem er über die Wiese schritt:

>>Beglückt, wer vom Getümmel
Der Welt sein Leben schließt
Das dorten im Gewimmel
Verworren abwärts fließt.

Hier sind wir all befreundet,
Mensch, Tier und Blumenreich,
Von keinem angefeindet
Macht uns die Liebe gleich.

Die zarten Lämmer springen
Vergnügt um meinen Fuß,
Die Turteltauben singen
Und girren Morgengruß.

Der Rosenstrauch mit Grüßen
Beut seine Kinder dar,
Im Tale dort der süßen
Violen blaue Schar.

Und wenn ich Kränze winde,
Ertönt und rauscht der Hain,
Es duftet mir die Linde
Im goldnen Mondenschein.

Die Zwietracht bleibt dahinten,

Und Stolz, Verfolgung, Neid,
Kann nicht die Wege finden
Hieher zur goldnen Zeit.

Vor mir stehn holde Scherze
Und trübe Sorge weicht;
Allein mein innres Herze
Wird darum doch nicht leicht.

Weil ich die Liebe kannte
Und Blick und Kuß verstand,
So bin ich nun Verbannte
Weitab im fernen Land.

Die Freude macht mich trübe,
Dunkelt den stillen Sinn,
Denn meine zarte Liebe
Ist nun auf ewig hin. –

Erinnre und erquicke
Dich an vergangner Lust,
Am schwermutsvollen Glücke,
Denn sonst zerspringt die Brust.

Die Morgenröte lächelt
Mir zwar noch ofte zu,
Und matte Hoffnung fächelt
Mich dann in schönre Ruh:

Daß ich ihn wiederfinde,
Den ich wohl sonst gekannt,
Und daß sich um uns winde
Ein glückgewirktes Band.

Wer weiß, durch welche Schatten
Sein Fuß schon heute geht,
Dann kömmt er über Matten
Und alles ist verweht,

Die Seufzer und die Tränen,
Sie löscht das neue Glück,
Und Hoffen, Fürchten, Sehnen
Verschmilzt in *einen* Blick.«

18
Beschluß

Peter fühlte sich von dem Gesange wie von einer lieblichen Gewalt nach der Hütte hingezogen. Die Schäferin, welche vor der Tür saß, nahm ihn freundlich auf, und ließ ihn in der Hütte ausruhn und sich erquicken. Die beiden Alten kamen auch bald zurück, und hießen ihren edlen Gast von Herzen willkommen.

Magelone ging indessen im Felde nachdenklich auf und ab, denn sie hatte auf den ersten Blick den Ritter erkannt; alle ihre Sorgen waren nun wie Schnee vor der Frühlingssonne hinweggeschmolzen, und ihr Lebenslauf lag grün und erfrischt vor ihr, so weit nur ihr Auge reichte. Sie ging in die Hütte zurück, und gab sich noch nicht zu erkennen.

Nach zweien Tagen war Peter wieder ganz zu Kräften gekommen. Er saß mit Magelonen, ohne daß er sie kannte, vor der Tür der Hütte. Bienen und Schmetterlinge schwärmten um sie, und Peter faßte ein Zutrauen zu seiner Verpflegerin, so daß er ihr seine Geschichte und sein ganzes Unglück erzählte. Magelone stand plötzlich auf und ging in ihre Kammer, da löste sie ihre goldenen Locken auf, und machte sie von den Banden frei, die sie bisher gehalten hatten, dann zog sie ihre köstliche Kleidung an, die sie eingeschlossen hielt, und so kam sie plötzlich wieder vor die Augen Peters. Er war vor Erstaunen außer sich, er umarmte die wiedergefundene Geliebte, dann erzählten sie sich ihre Geschichte wieder, und weinten und küßten sich, so daß man hätte ungewiß sein sollen, ob sie vor Jammer oder übergroßer Freude so herzbrechend schluchzten. So verging ihnen der Tag.

Dann reiste Peter mit Magelonen zu seinen Eltern, sie wurden vermählt, und alles war in der größten Freude; auch der König von Neapel versöhnte sich mit seinem neuen Sohne, und war mit der Heirat wohl zufrieden.

Auf dem Orte, wo Peter seine Magelone wiedergefunden hatte, ließ er einen prächtigen Sommerpalast bauen, und setzte den Schäfer zum Aufseher hinein, den er mit vielem Lohne überhäufte. Vor dem Palast pflanzte er mit seiner jungen Gattin einen Baum; dann

sangen sie folgendes Lied, welches sie nachher auf derselben Stelle
in jedem Frühjahre wiederholten;

>»Treue Liebe dauert lange,
Überlebet manche Stund,
Und kein Zweifel macht sie bange,
Immer bleibt ihr Mut gesund.

Dräuen gleich in dichten Scharen,
Fodern gleich zum Wankelmut
Sturm und Tod, setzt den Gefahren
Lieb entgegen treues Blut.

Und wie Nebel stürzt zurücke
Was den Sinn gefangenhält,
Und dem heitern Frühlingsblicke
Öffnet sich die weite Welt.

Errungen
Bezwungen
Von Lieb ist das Glück,
Verschwunden
Die Stunden
Sie fliehen zurück;
Und selige Lust
Sie stillet
Erfüllet
Die trunkene wonneklopfende Brust,
Sie scheide
Von Leide
Auf immer,
Und nimmer
Entschwinde die liebliche, selige, himmlische Lust!«

Über tredition

Eigenes Buch veröffentlichen

tredition wurde 2006 in Hamburg gegründet und hat seither mehrere tausend Buchtitel veröffentlicht. Autoren veröffentlichen in wenigen leichten Schritten gedruckte Bücher, e-Books und audio-Books. tredition hat das Ziel, die beste und fairste Veröffentlichungsmöglichkeit für Autoren zu bieten.

tredition wurde mit der Erkenntnis gegründet, dass nur etwa jedes 200. bei Verlagen eingereichte Manuskript veröffentlicht wird. Dabei hat jedes Buch seinen Markt, also seine Leser. tredition sorgt dafür, dass für jedes Buch die Leserschaft auch erreicht wird.

Im einzigartigen Literatur-Netzwerk von tredition bieten zahlreiche Literatur-Partner (das sind Lektoren, Übersetzer, Hörbuchsprecher und Illustratoren) ihre Dienstleistung an, um Manuskripte zu verbessern oder die Vielfalt zu erhöhen. Autoren vereinbaren direkt mit den Literatur-Partnern die Konditionen ihrer Zusammenarbeit und partizipieren gemeinsam am Erfolg des Buches.

Das gesamte Verlagsprogramm von tredition ist bei allen stationären Buchhandlungen und Online-Buchhändlern wie z. B. Amazon erhältlich. e-Books stehen bei den führenden Online-Portalen (z. B. iBookstore von Apple oder Kindle von Amazon) zum Verkauf.

Einfach leicht ein Buch veröffentlichen: **www.tredition.de**

Eigene Buchreihe oder eigenen Verlag gründen

Seit 2009 bietet tredition sein Verlagskonzept auch als sogenanntes "White-Label" an. Das bedeutet, dass andere Unternehmen, Institutionen und Personen risikofrei und unkompliziert selbst zum Herausgeber von Büchern und Buchreihen unter eigener Marke werden können. tredition übernimmt dabei das komplette Herstellungs- und Distributionsrisiko.

Zahlreiche Zeitschriften-, Zeitungs- und Buchverlage, Universitäten, Forschungseinrichtungen u.v.m. nutzen diese Dienstleistung von tredition, um unter eigener Marke ohne Risiko Bücher zu verlegen.

Alle Informationen im Internet: **www.tredition.de/fuer-verlage**

tredition wurde mit mehreren Innovationspreisen ausgezeichnet, u. a. mit dem Webfuture Award und dem Innovationspreis der Buch Digitale.

tredition ist Mitglied im Börsenverein des Deutschen Buchhandels.

Dieses Werk elektronisch lesen

Dieses Werk ist Teil der Gutenberg-DE Edition DVD. Diese enthält das komplette Archiv des Projekt Gutenberg-DE. Die DVD ist im Internet erhältlich auf **http://gutenbergshop.abc.de**

Zeitfracht Medien GmbH
Ferdinand-Jühlke-Straße 7
99095 Erfurt, Deutschland
produktsicherheit@kolibri360.de